藏書

珍藏版

中华成語故事

赵文博 主编

柒

辽海出版社

望门投止

典出《后汉书·张俭传》：俭得亡命，困迫遁走，望门投止，莫不重其名行，破家相容。

汉桓帝延熹八年，当权的宦官侯览老家在山阳郡，家中人倚势横行，迫害邻里，无恶不作。山阳郡的督察官张俭上奏举发侯览和他母亲的罪状，要求加以惩办。侯览把张俭恨透了。张俭有个同乡名朱并，是个奸邪谄媚的小人，素来为张俭所不齿。朱并听说他得罪了宦官，心想这正是报复的好机会，便向朝廷告密，说张俭组党结社，谋为大逆。侯览见到这个密告，正求之不得，下令严密捕拿。张俭急了，只得匆匆亡命；看谁家可以暂避风头，就向谁家暂避。人家知道他是个直人，遭了不测之祸，都不怕连累，冒险收容。后来，流浪到东莱地方，躲在李笃的家里。有一天，县令自己带着武器前来搜查，李笃把县令拉到一间密室，问他："张俭是当今名士，因公得罪，受了冤屈，不得已而亡命，即使发现他的踪迹，你是不是忍心逮捕他呢？"县令说："好事情大家做，你难道一个人做君子而让别人做小人吗?”李笃说：“我固然喜欢正义，但明公如有肯这样，就已经把正义分了一半了。”

张俭就这样在大众的掩护下说了险。

张俭逃亡时，看谁家可以暂避风头，就向谁家暂避的情形写作“望门投止”。以后人们便把“望门投止”这句话引为成语，比喻见有相识人家，即往投宿的意思。也可以形容逃亡或出逃时的窘迫情况。

危如累卵

典出张守节《史记正义》引《说苑》：晋灵公造九层之台，费用千金，谓左右曰：“敢有谏者斩。”荀息闻之，上书求见。灵公张弩持矢见之。曰：“臣不敢谏也。臣能累十二博棋，加九鸡子其上。”公曰：“子为寡人作之。”荀息正颜色，定志意，以棋子置下，加九鸡子其上。左右俱摄息，灵公气息不续。公曰：“危哉，危哉!”荀息曰：“此殆不危也，复有危于此也。”公曰：“愿见之。”荀息曰：“九层之台，三年不成，男不耕，女不织，国用空虚，邻国谋议将兴，社稷亡灭，君欲何望?”灵公曰：“寡人之过也乃至于此!”即坏九层之台也。

春秋时代，晋灵公为了个人的享受，强拉了大批的老百姓，耗用了大量的钱财，建造九层的高台。他怕臣子们劝说阻止，就预先下了不许规劝的命令。荀息知道了这件事，跑去见他。灵公知道了，便拿出弓，举起箭，等着他来；准备只要他一开口规劝，就把他射死，荀息明知情势很紧张，但装做轻松愉快的样子声明说：“我不敢规劝什么。我只是来表演一个小技艺：我能够把九个棋子堆起来，上面于加十二个鸡蛋。”灵公听他这玩艺儿倒很有趣，立时撤了弓箭，荀息定了定心神，严肃认真地先把九颗棋子堆起来；然后又把鸡蛋一个个加上去。旁边在看的人担心会掉下来，都害怕得屏住了呼吸；灵公也惊慌得紧促地叫：“危险！危险!”荀息却慢条斯理地说：“这有什么了不起的危险，还有比这更危险的哩!”灵公说：“我也愿意看一看。”这时，荀息不再做什么别的表演，而是立定身子沉痛地说：“为了建造九层的高台，三年没有成功。国内已经没有男人耕地，没有女人织布了。同时，国库也已空虚，临近的国家将要侵略我们；国家总有一天要灭亡的，你还打算怎么样呢?”晋灵公这才醒悟，立即下令停止造台工程。

在古代，由于皇帝的专制，臣子们都不敢直言规劝，所以常常有用譬喻的方法，来使皇帝来醒悟；这些譬喻不但恰到好处，而且内容丰富，表现了我们祖先的出色智谋。后来的人，就根据荀息累积鸡蛋的惊险技艺这件事，引申成“危如累卵”这句成语，用来形容极为危险的局面或形势。

危在旦夕

典出《三国志·吴志·太史慈传》：“今管亥暴乱，北海被围，孤穷无援，危在旦夕。

东汉末年农民大起义，震动了汉家天下。朝廷摇摇欲坠，各郡守也招架不住。当时身为北海相的孔融，在都昌被黄巾起义军的部队围困，形势很危急。有一个家住东莱的青年壮士，名叫太史慈，因为孔融曾经接济过他的老母亲，他想去搭救孔融，以报往日的恩情。

太史慈在一天夜里，偷偷越过包围的队伍，秘密进入都昌城。他见到孔融说：

“请给我一支兵马，我替你杀出一条路，救你出去！”

孔融对太史慈并不信任，没有答应他，说：“还是等

败军之将

待援军吧，那样稳妥一些！”

三天过去了，并没有人来援救孔融。孔融十分焦急。他想派人去给平原相刘备报信，让他赶快来救援，怎奈城被围得水泄不通，一个人也跑不出去，大家非常忧虑。这时太史慈又来请求，说：

“这件事交给我吧，我保证能把信送到！”

“不行呀，敌人围得严严实实，大伙都说出不去，虽说你是壮士，很勇敢，但是也无法出城啊！”

“即使是这样，我也要为你出城送信。过去大人救济过我母亲，是母亲叫我来为你解难，我一定有办法救你出去的，别迟疑了！”

太史慈说得恳切、诚实，孔融只好答应了。

第二天，太史慈披挂上马，身后只带两名骑手。城门敞开，太史慈跃马杀出，城外围军一时惊骇，不知如何对付。太史慈伏沟堑内，搭弓射箭，射中两个军卒，然后拍马进城。第三天还是这样，几天过去，城外围军已经习以为常，不加警惕。可是第五天早上，城门一开，太史慈飞马奔出，直冲围军而去。围军急忙躲闪，太史慈已越过重围，朝大路飞弛而去。

太史慈到了平原郡，见到平原相刘备，急告说："今北海相孔大人被围，孤立无援，危亡就在早晚，情况十分严重，请平原相马上派兵解救，我今天是从兵刃中突围出来，以万死而自托于君，是为君存活于此，务请君救人于危难……"

刘备听了太史慈的话，很受感动，马上答应派三千精兵跟随太史慈去援救孔融。刘备说："孔融这位大名鼎鼎的北海相，还知道世界上有个刘备？真是看得起我呀，我怎能坐视不救呢？"太史慈领兵一到都昌城下，围军早已退走。孔融得救了，兴奋地拉住太史慈，感慨地说："卿真是我的年少挚友啊！"

太史慈告辞都昌，回到家乡。他的老母亲欢喜地把他迎入家门，叹息地说：

"我的儿子终于替我报答了孔融的往日之恩哪！"

成语“危在旦夕”就是由此而来，原意是危险就是早晨、晚上之间。后人用它形容形势危急，危险就在眼前。

味如鸡肋

典出《三国志·魏书·武帝纪》裴松之引《九州春秋》：夫鸡肋，弃之可惜，食之无所得，以比汉中，知王欲还也。

曹操带兵攻打汉中，驻在斜谷界口，不能取胜，进退维谷。进，又无法取胜；退，又怕丢了面子。正在为难的时候，恰好厨师送上一碗鸡汤来，汤里有几根鸡肋。曹操看见鸡肋，引起了一阵感触。这时，部将来问夜里的口令，曹操随口说道：“鸡肋！鸡肋！”口令传出之后，杨修就去整理行装，准备回去。别人觉得奇怪，便问他为啥这样干？他回答说：“鸡肋这东西食之无肉，弃之可惜。出这口令是用鸡肋比喻汉中，看来是想退兵了，所以我先把行李收拾好，免得临时忙乱。”

瓮中捉鳖

典出元·康进之《梁山泊李逵负荆》：这是揉着我山儿的痒处，管教他瓮中捉鳖，手到拿来。

康进之，棣州（今山东惠民）人，是元代前期具有成就的剧作家。他写过两个关于黑旋风李逵故事的剧本。《黑旋风老收心》没有流传下来。传世的《梁山泊李逵负荆》成功地塑了李逵的英雄形象，揭示了梁山英雄与人民的血肉关系。

在梁山泊附近，有个杏花庄，庄上有个老汉，名叫王林。王林有一个 18 岁的女儿，名叫满堂娇，她年少貌美，尚未许配人家。一天，有两个地痞流氓；一个叫宋刚，一个叫鲁智恩，他们假冒梁山好汉宋江和鲁智深的名义，强行抢走满堂娇。李逵信以为真，要同宋江和鲁智深算帐。他大闹忠义堂，提起板斧要砍倒梁山泊的杏黄旗，并要宋江去和王林对质。后来，弄清了事情的真相，李逵砍了一束荆条，缚在背上，向宋江请罪。

宋江命令李逵去捉拿那两个冒名顶姓的恶棍，将功折罪。李逵说："这好像到大瓮中去捉鳖，一伸手就可以捉到。"果然，他把两个恶棍捉住了。

"翁中捉鳖"就是从这个故事来的。它的意思是，像放在瓮中的鳖，伸手便可以捉住。人们用它比喻很有把握。

无妄之灾

典出《周易·无妄》：六三，无妄之灾。或系之牛，行人得之，邑人之灾。"

典出《战国策·楚策四》：世有无妄之福，又有无妄之祸。今君处无妄之世，以事无妄之主，安不有无妄之人乎？

战国时楚国的考烈王没有儿子，春申君黄歇很替他忧愁，给他想了许多办法，而且到处替他寻找会生儿子的美女，献进宫去，挑选去的人已经不少了，结果都没有生儿子。

赵国有个李园，想把自己的妹妹献给楚王，听说是楚王自己有病，才不会生育，恐怕妹妹将来得不到宠爱。

于是想办法先把妹妹送给春申君做姬妾。

等他妹妹怀孕以后，李园又运用他的三寸不烂之舌说动了春申君，教春申君把妹妹献给楚王。后来李园的妹妹果然生了一个儿子，他妹妹也做了王后，李园因此得到楚王的重用。李园既在朝中专权，恐怕春申君会把这件秘密泄露出去，暗地里养了死士，想把春申君杀掉灭口。有一次考烈王病的时候，一个叫朱英的人对春申君说："你有无妄之灾呀!"春申君听了觉得莫名其妙，叫朱英说出无妄之灾的理由，朱英指出李园现在虽还没有掌管国事，但他是将来楚王的母舅，他并不是带兵的将官，家里却养着死士，已经准备得很久，如果考烈王一旦死了，他一定会依据朝廷，挟制着国君，独霸政权的，到那时便会杀掉你来灭口的，这不是无妄之灾吗?后来考烈王死的时候，春中君去奔丧，果然被李园杀死，而且诛灭了全家。

"无妄之灾"原本叫"无妄之祸"，后来被大家说成"无妄之灾"，因此一直沿用下来。意思是指自己想不到的灾祸，突然发生的意外事件。或者平白无故受到牵连、损害。

心如死灰

典出《庄子·齐物论》：南郭子綦隐机而坐，仰天而嘘，答焉似丧其耦。颜成子游立侍乎前，曰：“何居乎？形固可使如槁木，而心固可使如死灰乎？今之隐机者，非昔之隐机者也。”

战国时代，有一个人叫子綦。古人纯厚质朴，多以居处为号，子綦居住在南郭，因此号叫南郭，人们称之为南郭子綦。他是楚昭王的庶弟，楚庄王的司马官。南郭子綦怀道抱德，清静寡欲，淡于名利。有一次，南郭子綦凭几而坐，凝神遐想，仰天而叹，表现出一副忘却外物的超然沉静的神态。他有一个弟子，姓颜名偃，字子游，谥号成，人称颜成子游。颜成子游侍立在南郭子綦身旁，说：“怎么回事呢？固然可以使形体像干枯的树木，难道也应当把心变得像熄灭的灰烬吗？您今天凭几而坐的样子，与过去凭几而坐的样子不同啊。”

“心如死灰”就是从这个故事来的。它本指内心枯寂平静，不为物欲情感所动。现在多用它形容精神消沉，意志消磨。

形单影只

典出唐·韩愈《祭十二郎文》：吾上有三兄，皆不幸早逝。承先人后者，在孙惟汝，在子惟吾，两世一身，形单影只，嫂尝抚汝指吾而言曰："韩氏两世，惟此而已。"汝时犹小，当不得记忆，吾时虽能记忆，亦未知其言之悲也。

病卧牛衣

我国的唐代（公元 618 年～907 年）是当时世界上一个先进、文明的国家。在这一代的文学领域里出现了极其繁荣的景象。杰出的文学家、诗人层出不穷。韩愈便是其中的一个。

韩愈（公元 763 年～824 年），字退之，唐邓州南阳（今河南省南阳市）人。他是唐代古文运动的倡导者。他反对只重形式、内容空洞的骈体文，主张文章应该创造性地继承和学习秦汉以来的传统。他的主要成就是散文的创作，成为唐宋八大家里最有名的一个。

韩愈的家庭人丁稀衰，三个哥哥都在他之前死去了。他的侄子，也是兄弟四人留下的唯一的一个后代也早他先逝。于是韩愈作了这篇有名的抒情散文《祭十二郎文》。此文用自由的散文体来抒写悼念亡侄的哀感，融注了诚挚的骨肉之情和宦海浮沉的人生感叹，字字句句，凄楚动人。文中写道：“吾上有三兄，皆不幸早逝。承先人后者，在孙惟汝，在子惟吾，两世一身，形单影只。”

这段文字的大意是：我上面有三个哥哥，都不幸早年离开了人间，能够承继祖先后代的人，在孙子一辈只有你，在儿子辈就是我。我们两辈人都是孤零零的，没有兄弟姊妹。我的嫂嫂曾经抚着你的背指着我说：“韩家的两代人就仅仅剩下这两个了。”当时你的年纪还很小，可能不记得了，我当时虽然能依稀记得这件事，却不能了解这句话的沉痛悲伤。

这句成语，不仅从字面已可看出孤立无依的意思，而将“形单”、“影只”两词相组合，更具卡富的形象，令人一看便有孤苦零丁的感受。所以后来的人，将一个人孤立没有依靠，孤零零没有一个亲人称为“形单影只”或“形单影双”。

摇摆不定

典出《战国策·秦策二》。

战国时代，有一次秦武王生病，觉得头部不舒服。他令医生给他治疗，结果没有什么好转。之后，他便请良医扁鹊去诊治。扁鹊诊断后，就准备为他下药。这时，武王的部下对武王说：“大王的病，据扁鹊诊断在眼睛和耳朵之间，医起来很麻烦啊！假若医治不得法，不但病治不好，反而把眼睛搞瞎了，把耳朵搞聋了，那多糟糕啊！这事，大王要慎重考虑啊！”武王听了部下的话，心里很紧张，生怕变成聋子、瞎子，因而对治病就犹豫起来。扁鹊得知原委后，内心很不高兴，把医具扔到地上，生气地说："大王请医生来诊断治病，这是对的；可是你又听信那些不懂医术的人的意见，这不是自寻死路吗？从这件事，也可以看出你们秦国的政治了。如果长此下去，秦国将有灭亡的危险。"

后人把这个故事概括为"摇摆不定"，用以表示向相反的方向来回地移动或变动。引申为立场不稳，观点多变。

遇事生风

典出《汉书·赵广汉传》：所居好用世吏子孙新进年少者，专厉壮蜂气，见事风生，无所回避，率多果敢之计，莫为持难。

汉朝时候，涿郡（今河北省涿县）有个姓赵名广汉的人，初时在郡里作个小官，因为办事认真廉洁，后来一直升到京兆尹（专管京城的行政长官）。那时，恰逢汉昭帝去世，京城新丰县的京兆官杜建负责管理昭帝的陵园。这个杜建交游广阔，他和他的朋友一起利用职权做着非法的勾当。这事被赵广汉知道了，便暗示杜建改变作风，但杜建却置若罔闻，赵广汉便将他们逮捕。事情发生以后，京城里的达官贵人都来求情，赵广汉一向厌恶这般贵人们平时为非作歹，包庇坏人的丑恶行径，为了防止更多的麻烦，即刻将杜建杀了。于是京里的达官贵人都对赵广汉望而生畏。

汉宣帝时，因为他不畏权势，一心为国，很得宣帝重用。他爱用新进的世吏子孙，这些年轻人最爱逞一时的锐气，逢着一点事儿就将它迅速扩大，完全没有回转的余地。最后，赵广汉终被贵戚们害死。

遇，逢也；生风，即风生，喻迅速而不可当。“遇事生风”形容好事的人，遇到一些小小事端就兴风作浪，把事情扩大，从中渔利。

轵道之灾

典出《史记·秦始皇本纪》：令子婴斋，当庙见，受王玺。斋五日，子婴与子二人谋曰：“丞相高杀二世望夷宫，恐群臣诛之，乃详以义立我。我闻赵高乃与楚约，灭秦宗室而王关中。今使我斋见庙，此欲因庙中杀我。

安期仙枣

我称病不行，丞相必自来，来则杀之。”高使人请子婴数辈，子婴不行，高果自往，曰：“宗庙重事，王奈何不行?”子婴遂刺杀高于斋宫，三族高家以徇咸阳。子婴为秦王四十六日，楚将沛公破秦军人武关，遂至霸上，使人约降子婴。子婴即系颈以组，白马素车，奉天子玺符，降轵道旁。沛公遂人咸阳，封宫室府库，还军霸上。居月余，诸侯兵至，项籍为从长杀子婴及秦诸公子宗族。

秦朝末年，陈胜、吴广直接领导的农民起义军失败以后，项羽、刘邦领导的起义军却已经壮大起来。他们俘获秦名将王离，多次打败章邯，席卷关东，刘邦带领义军数万正在攻打武关。

这一年，是公元前 207 年。这一年的八月间，在秦王朝中夺得丞相职位的赵高被起义军吓破了胆，托病不去上朝，秦二世（胡亥）派人上门去斥责赵高。赵高混不下去了，就同他的女婿咸阳令阎乐和弟弟赵成一起搞阴谋，逼秦二世自杀。

秦二世死后，赵高又立二世的侄子子婴为秦王。他命令子婴沐浴斋戒，准备在祖庙举行仪式，接受秦王的符玺。斋戒 5 日之后，子婴同他的两个儿子密谋说："丞相赵高在望夷宫诛杀了秦二世，恐怕群臣以叛逆罪诛杀他，就虚伪地举起仁义的旗帜，立我为秦王。我听说赵高已与楚国订立了盟约，灭掉秦宗室后封他做关中王。如今他叫我沐浴斋戒，到庙中举行仪式，这是想在庙中杀掉我。我托病不去，赵高必定亲自来责问，等他来后，我们就杀掉他。"赵高派人去请子婴，许多人请了数次，子婴也不去。赵高果然自行前来，对子婴说："国家大事，十分重大，秦王为什么不去呢?"子婴就在斋宫里刺杀了赵高，赵高家三族人也在咸阳被杀。

公元前 206 年，在子婴当秦王 46 天之后，刘邦即打败秦军攻入武关。接着，刘邦挥师驻扎在长安东 30 里的霸上，派人命令子婴投降。子婴立即服从，他在脖子上系着丝带，坐着白马拉的素车，捧着皇帝的玉玺，在轵道旁向刘邦投降。刘邦进入咸阳，封存宫室府库的财物之后，又退军驻扎霸上。一个月后，诸侯军纷至沓来，项羽是各路关东的首领，他下令杀死子婴和秦王朝众多的公子宗族。秦朝灭亡了。

“轵道之灾”就是从这个故事来的。轵道：古亭名，长安东 13 里处，在今陕西西安市东北。人们用“轵道之灾”比喻亡国的灾祸。

置之度外

典出《后汉书·隗嚣公孙述传》：帝积苦兵间，以嚣子内侍，公孙述远据边陲，乃谓诸将曰：且当置此两子于度外耳。”

东汉初年，虽然光武帝（刘秀）已重新建立了汉朝，但还有很多人拥有重兵，占据个个州郡，要与刘秀争夺天下；或者表面虽然臣服朝廷，而仍想保留自己占有的地盘，要待机而动。光武帝既已重复汉室，自然不能坐视这种割据的局面继续下去，决心要使全国统一，前后经过五年的时间，把函谷关以东的割据势力全部荡平，最后只剩下甘肃的隗嚣和四川的公孙述两股势力了。

光武帝鉴于隗嚣表面上已向他称臣，还遣他的儿子在京城洛阳做官，一时不足为患，公孙述远在西南边陲，路途遥远，攻取不易，暂时不想对他用兵，而更主要的，是打了许多年仗，兵力也要休整一下，他在对部下众将官谈到隗嚣、公孙述二人时说："这两个人暂时不必放在心上的。"

后来人们便将光武帝的这句话引申为"置之度外"一句成语，用来比喻对人或事不再重视或不再放在心上。

众叛亲离

典出《左传·隐公四年》：阻兵无众，安忍无亲，众叛亲离，难以济矣。

春秋时，卫国公子州吁杀死了他的哥哥卫桓公，夺取了政权当了国君。他怕国内人民反对，就拉拢宋国、陈国、蔡国等联合攻打郑国，企图以对外用兵的办法来转嫁危急，树立威信，巩固自己的统治地位。这件事被鲁隐公听说后，就问大臣众仲："州吁这次夺取政权能成功吗？"

众仲回答说："州吁这个人依仗武力，生性残忍。依仗武力就会失去群众，对人残忍就没有人对他亲近，现在他处境孤立，是很难成功的。"

果然不出一年，卫国人就联合陈国，用计把州吁杀了。

后人用"众叛亲离"这个典故比喻众人反对，亲信背离，现常用来形容处境完全孤立。

简子放生

典出《列子·说符》：邯郸之民以正月之旦献鸠于简子，简子大悦，厚赏之。客问其故，简子曰："正旦放生，示有恩也。"

客曰："民知君之欲放之，故竞而捕之，死者众矣。君如欲生之，不如禁民勿捕。捕而放之，恩过不相补矣。"

简子曰："然。"

邯郸地方的老百姓在正月初一给简子进献斑鸠，简子非常高兴，重重地奖常他们。有个客人问他是什么缘故。简子说："正月初一放生，表示恩惠之意。"

客人说："老百姓知道您要放生，所以争相把它抓来，死掉的就很多了。您如要让它们活，不如禁止老百姓捕捉。捉来又把它放掉，恩惠已经弥补不了过失呀。"

简子放生

简子说："是这样。"

后人用"简子放生"比喻放生一个，害死一群，充分暴露了剥削阶级所标榜的慈善事业的实质。

狡生梦金

典出《雪涛小说》：尝闻一青衿，生性狡，能以谲计诳人。其学博持教甚严，诸生稍或犯规，必遣人执之，扑无赦。一日，此生适有犯。学博追执甚急，坐彝伦堂盛怒待之。已而生至，长跑地下，不言他事，但曰："弟子偶得千金，方在处置，故来见迟耳！"博士闻生得金多，辄霁怒，问之曰："尔金从何处来？"曰："得诸地中。"又问："尔欲作何处置？"生答曰："弟子故贫，无资业，今与妻计：以五百金市，二百金市宅，百金置器具、买童妾。止剩百金，以其半市书，将发愤从事焉，而以其半致馈先生，酬平日教育，完矣。"博士曰："有是哉！不佞何以当之？"遂呼使者治具，甚丰洁，延生坐觞之，谈笑款洽，皆异平日。饮半酣，博士问生曰："尔适匆匆来，亦曾收金箧中扃钥耶？"生起应曰："弟子布置此金甫定，为荆妻转身触弟子，醒已失金所在，安用箧！"博士蘧然曰："尔所言金，梦耶？"生答曰："固梦耳！"博士不怿，然业与款洽，不能复怒，徐曰："尔自雅情，梦中得金，犹不忘先生，况实得耶！"更一再觞出之。嘻！从狡生者，持梦中之金，回博士于盛怒之际，既赦其扑，又从而厚款之；然则金之名且能溺人，彼实馈者，人安得不为所溺？可惧也已！

听说有个学生，天生性情狡猾，专会用诡计骗人。

他的老师平素教学非常严厉，学生们稍有犯规，必定派人捉来用杖责打，不肯饶赦。

有一天，这个学生恰好犯了学规。老师追拿很急，坐在彝伦堂下满面怒容地等待着他。过了一会，学生来了，双腿跪在地下，不说其他的事，只说："学生我偶然得到了一千金，正在处置，所以来迟了些！"

老师听说学生得到了这么多金钱，立即消怒，问他说："你的金子是从哪里得来的？"

学生说："是从地上挖出来的。"

又问："你打算怎样处理这些金子？"

学生回答说："弟子家里本来很贫穷，并没有什么资产，现在我和妻子商议着：用五百金买田地，用二百金买宅屋，各用一百金添置具、买些童仆婢妾。下剩一百金子，用一半买书，我要发愤学习了，另外一半要奉送给先生，以答谢您平时对我的教育，这样就算安排完了。"

老师说："有这样的想法吗！我怎么能担当得起呢？"就呼叫使者摆上宴席，菜肴非常丰富，请学生坐下来，敬酒给他吃，席上说说笑笑，感情融洽，都和平时不同。喝得半醉，老师忽然问学生说："你刚才匆匆跑来，可曾把金子收藏在小箱子里封闭加锁了？"

学生起身答道："弟子布置这些金使用的计划刚定，被我妻子转身碰醒了，醒过来就不知道金子到哪里去了，还用得着什么箱子呀！"

老师惊异地问道："你刚才所说获得金子，是在做梦呀？"

学生回答说："确是在做梦呀！"

老师不高兴，但已经和他欢饮融洽了，不便再次发怒，便慢慢地说："你倒有高尚的感情，在梦里得到金子，还不能忘怀先生，何况真正得到金子的时候呢！"又一再劝酒，然后把他送了出去。

嘿！这个狡猾的学生，拿着梦中的金子，来应对老师狂怒的当，既被赦免了顿毒打，又从老师那里得到优厚的款待；可见仅仅是金钱的名声就能使人陶醉受骗，若是实实在在送金子来，人们怎么能不被金钱拉下水呢？唉，真可怕呀！

后人用这则寓言通过狡生梦金的故事，揭露了学博"持教甚严"的虚伪性及其嗜金似虎的贪婪本质。这不仅是深刻的，而且富有戏剧性，全篇充满了曲折、辛辣的讽刺意味。

当然，狡生"谲计诳人"固然可恶，但学博"闻钱"眼开，从"盛怒以等"突然转为"谈笑款洽，皆异平日"的丑态，则尤其可恶。故作者慨叹地说道："呜呼！味之至甘者，莫达于利，人之至若者，莫甚于贫，以至甘之味，投至厌苦之人，往往如石投水，有受无拒。'四知'却馈，杨震标誉于关西（《后汉书·杨震传》：王密夜怀金十斤赠给杨震，说："暮夜无知者。"杨震说："天知、神知、我知、子知，何谓无知?"）；一钱选受，刘宠著称于东汉，挥钥陷居，视同瓦砾；披裘老子，耻食道遗——史册所书，晨星落落。而垂涎染指，曲取食图者，则天下滔滔也!"一针见血地点明了剥削阶级的文明史。这里所谓的"贫"者，应该是指"爱财如命"的贫者，不一定专指贫穷人民。贫穷人民因受剥削阶级的盘剥和压榨之苦，命穷志高，未必人人"有受无拒"；而嗜性贪婪的剥削阶级，"垂涎染指，曲取食图"，则必定"有受无拒"。这是必然的，毫无疑义的。

狼狈为奸

典出唐·段成式《酉阳杂俎》：或言，狼狈是两物。狈前足绝短，每行常驾于狼，无狼则不能动。故世言事乖者称狼狈。

据传说狼和狈是同一类动物。狼的前腿长，后腿短；狈则相反。狈每次出去，都必须依靠狼，把它的前脚搭在狼的后腿上才能行动，否则就寸步难行。

狼和狈常常联合起来去偷吃人家的牲畜。狼用长长的前脚，狈用长长的后脚，互相配合，既跑得快，又站得高，这样就能翻进羊圈，偷走羊只。

后人把这个故事概括为“狼狈为奸”，用来比喻坏人互相勾结，共干坏事。

老奸巨猾

典出《资治通鉴·唐纪》：虽老奸巨猾，无能逃其术者。

唐玄宗的宰相李林甫，才艺不错，字画也好；但作风不正，品德不好。凡才能比他强，声望比他高的人，他都十分嫉妒，千方百计地暗害人家。他和人们交往时，表面上总是装得非常忠厚和善，说起话来甜言蜜语，但实际上秉性狡猾，满肚子的毒计。别人有事求他，他总是满口答应，毫不推辞。可是别人走后，他不但不办，反而想方设法进行破坏。他对皇亲国戚，尽量奉迎，极力巴结；对地位比他低的人，稍不如意便加陷害，“虽老奸巨猾，无能逃其术者。”（意思是：极其狡猾的人，也无法逃脱他的诈术。）他在朝十九年，一直以奸诈的手段待人。人们在长期的生活中认清了他的本质，于是称他为“口有蜜，腹有剑”的人。

后人用“老奸巨猾”来形容阅历深而手段极奸诈狡猾的人。

郦况卖友

典出：《汉书·郦商传》。

君杀唐鞅

西汉时，郦况和吕禄是好朋友。吕太后掌权后，曾封郦况为赵王，执掌兵权；封吕禄为梁王，执掌相权。吕太后死后，周勃、陈平等大臣谋求发动宫廷政变，除掉掌握大权的吕氏家族，恢复刘氏政权。

但是，当时虽然周勃名义上是太尉，陈平是丞相，都没有半点实权，要想除掉吕氏家族，确实困难重重。周勃与陈平商议，不如利用郦况用计欺诈吕禄。他们首先劫持了郦况的父亲郦商，然后要挟郦况说："你告诉吕禄，汉高祖生前曾对众人发过誓：只有姓刘的人才能封王。现在，姓吕的却有三人封王，违背了汉高祖的誓言。好在这事是经过大臣们合议的，并告诉了诸侯各国，得到了认可。现在吕太后去世了，足下佩着赵王印，掌握着兵权，道理上说不过去。不如把兵权归还太尉，回到赵的土地，这样不是两全齐美吗?"郦况将这些话转告了吕禄。

吕禄听了，觉得也是个办法，想照此办理，但遭到姑母吕须的坚决反对。她说："交出兵权，不就是自投罗网吗？看来吕氏要灭族了!"吕禄只好打消了念头。

此计不行，周勃又叫郦况把吕禄骗离军营。等吕禄离开后，周勃驰往营中，假借皇上命令，要他执掌兵权，发兵诛杀了吕氏家族。

后来天下人认为：吕氏家族固然应该除掉，但郦况卖友求荣却是令人不齿的行为。

后人将此典故概括为"卖友求荣"，形容出卖朋友，贪图利禄。

禽兽不如

典出《晋书·阮籍传》：籍尝从容言于帝曰："籍平生曾游东平，乐其风土。"帝大悦，即拜东平相。籍乘到郡，坏府舍屏障，使内外相望，法令清简，旬日而还。帝引为大将军从事中郎。有司言有子杀母者，籍曰："嘻！杀父乃可，至杀母乎！"坐者怪其失言。帝曰："杀父，天下之极恶，而以为可乎？"籍曰："禽兽知母而不知父，杀父，禽兽之类也。杀母，禽兽之不若。"众乃悦服。

三国时期，魏国的文学家、思想家阮籍（公元 210～263 年，字嗣宗）狂放不羁，当官不问政事。才华出众，思维敏捷，常出惊人之语。

有一次，阮籍漫不经心地对文帝司马昭说："我平生喜爱游山逛水，曾经到东平一带游览，很喜欢那里的风土人情。"文帝很高兴，立即拜阮籍为东平相。阮籍骑着驴来到东平郡，把郡府官邸的屏障之物统统拆除了，使郡府内外开阔通畅，四通八达。阮籍治郡，法令清晰简单，十多天就从东平郡回来了。文帝荐举他为大将军从事中郎。一次，有关部门报告说，有一个人杀死了自己的母亲。阮籍说："嘻，杀父还说得过去，怎么能杀母呢!"在座的人都责怪他说错了话。文帝说："杀父，是天下最大的罪恶，你认为可以杀父吗?"阮籍说："禽兽之类，只认得自己的母亲，而不认识父亲。杀父，是禽兽的行为，不足为怪。而那个人却杀自己的母亲，连禽兽都不如。"众人听了，顿时心悦诚服。

"禽兽不如"就是从这个故事来的。用以形容道德品质极坏，连禽兽也不如。

穷兵黩武

典出《三国志·吴书·陆抗传》：今不务富国强兵，力农蓄谷，使文武之才效展其用，百揆之署无旷厥职，明黜陟以厉庶尹，审刑赏以示劝沮，训诸司以德，而扶百姓以仁，然后顺天乘运，席卷宇内，而听诸将徇名，穷兵黩武，动费万计，士卒雕瘁，寇不为衰，而我已大疾矣!

三国时期，东吴有一个将军叫陆抗（公元226—274年），字幼节，吴郡吴县（今江苏省吴县）人。他是著名将领陆逊（公元183—245年）的儿子，是孙策的外孙。陆逊死后，年仅20岁的陆抗就被孙权拜为建武校尉；公元246年（赤乌九年），又任升立节中郎将。公元252年（建兴元年），会稽王孙亮继位后，拜陆抗为奋威将军。公元259年（永安二年），景帝孙休继位后，拜陆抗为镇军将军。公元264年（元兴元年）末帝孙皓继位后，加封陆抗为镇军大将军，领益州牧，都督信陵、西陵、夷道、乐乡、公安等地的军事。

当时，孙皓治国无方，政令多缺，宦官参政，社会混乱。公元272年（凤凰元年）。陆抗上书给孙皓，分析当时的形势和应当采取的对策，建议孙皓要维护社会安定，发展生产，不要乱施刑罚，胡乱用兵。他写道："如今不致力于富国强兵，努力发展农业，积蓄粮食，使文武官吏充分发挥才能和作用，使总领国政的长官公署不失其职，明确进退人才的准则以激励百官之长，审慎地施用奖惩手段以示勉和阻止，用德政训示各有关部门，用仁义安抚天下百姓，然后遵循天道，抓住机遇，征服天下，反而听任将领们追逐名声，竭尽兵力，贪战无厌，动用资财数以万计，士卒疲惫不堪，敌寇的实力却不减弱，我们的力量却已经衰竭了。"

“穷兵黩武”就是从这个故事来的。穷：竭尽。黩：贪。“穷兵黩武”的意思是，竭尽兵力，贪战无厌。人们用它形容好战。

穷斯滥矣

典出《史记·孔子世家》：君子固穷，小人穷斯滥矣。

春秋时，孔子来到蔡国，蔡国公热情地接待了孔子。可是不久，蔡国大夫公孙翩射死了蔡昭公，蔡国一片混乱，孔子就离开蔡国来到叶国。一次，叶公问孔子说：“怎样才算把国家治理好了呢？”孔子回答说：“如果远近的国家都来归附你，那么，国家就算治理好了。”过了几天，叶公向子路打听孔子的为人。子路不愿在背后评论老师。孔子知道了这事，对子路说：“你怎么不告诉他，说你的老师为人，学习知识从不疲倦，教诲别人从不厌烦，发奋时会忘记吃东西，高兴时就不知道忧愁，快满六十的人了，却不知自己已经老了。”

不久，孔子又离开叶地返回蔡国，一连躲了三年。

后来，吴国征伐陈国，楚国派兵援救，行军途中，听说孔子在蔡国，楚国派使者来聘孔子去楚做官。陈、蔡的大夫知道，相互商量说："如果孔子在楚国掌权，那会对我们陈、蔡的大夫不利。孔子讲'仁政'，我们却厌恶'仁政'。"于是，他们发兵将孔子和他的弟子们围在野外，断绝其粮食。几天后，由于缺乏食物，不少弟子饿病了，但孔子依然天天讲诵周朝的礼乐。子路十分不满。一天，他讽刺孔子说："想不到老师有道德，也遭受这样的穷困！"孔子说："这有何奇怪，有道德的人能安于穷困，可没有道德的人一遇到穷困，就相胡作非为（"君子固穷，小人穷斯滥矣"）！"

后人用"穷斯滥矣"形容缺乏道德修养的人一遇上困难，就想胡作非为。

去瘿而死

典出《苏东坡集》：国之有小人，犹人之有瘿。今夫瘿，必生于颈而附于咽，是以不可去。有贱丈夫者，不胜其忿而决去之，夫是以去疾而得死。汉之亡，唐之灭，由此故也。

国家有小人，如同人有咽喉肉瘤。

咽喉肉瘤，必定要生长在颈项而又附在咽喉上，所以不易除掉。有一个目光短浅的人，他对咽喉肉瘤的痛苦非常愤慨，便决心把它除掉，于是，他本人也因除掉肉瘤而死了。汉代的灭亡，唐朝的灭国，都是由于这个缘故呀！

去瘿而死

后人用这则寓言比喻了宦官、外戚、权贵的为害国家。这些人多把持国家大权的关键部位，难以除掉，临到最后，人民忍无可忍，只有起来暴动，把这些蠹贼连同国家一起消灭掉。因此，寓言在开头处就提出“国之有小人”，在结尾时又明确以汉唐历史为鉴，说明不能养痈贻患，在治国之初，就必须防止“瘿”的产生和发展。这叫做“其安易持，其未兆易谋，其微易散。为之于未有，治之于未乱。”（《老子》六十四章）。此理古人已经说得明明白白的了。

从以上看，这本来是一遇颇具智慧的寓言，也颇具积极意义。但是，苏轼举此寓言的目的，却在以汉唐历史为鉴，说明“瘿”之不可轻去。苏轼是个“忠君”的封建士大夫，他所爱护的便是封建专制君主的国家。“瘿”（喻国之小人），“必生于颈而附于咽，是以不可去……不胜其忿而决去之，夫是以去疾而得死。”即对于小人，“君子之欲击之也，不亡其身，则亡其君。”这还了得！如“击之不胜，止于身死”尚且可以；而如果“为人臣而不顾其君，损其身于一决，以快天下之望，亦已危矣！”故曰：“以义正君而无害于国，可谓大臣矣。”（以上引语见苏轼《大臣论》）可见，他是害怕忠臣议士起事，更害怕人民群众起来造反的，从而表现了他的局限性。

劝虎行善

劝虎行善

典出冯梦龙《古今谭概·微词》：昔者菩萨身为雀王，慈心济众。有虎食兽，骨挂其齿，困饥将终。雀王入口啄骨，日日若兹，骨出虎活。雀飞登树，说佛经曰："杀为凶虐，其恶莫大。"虎闻雀诫敕声，勃然恚曰："尔始离吾口，而敢多言!"雀速飞去。

从前菩萨变化成雀王，用慈悲的心肠救济大众。有只老虎吃野兽，骨头挂在它的牙缝里，困饿得快死了。雀王便飞进虎口中啄那块骨头，天天如此，骨头被啄出来了，老虎也得救了。雀王便飞到树上，对老虎说佛经道："杀死生命是残暴的行为，罪恶没有比这更大的了。"老虎听到雀王劝诫的声音，勃然大怒，说："你才离开我的嘴，竟然敢多说话！"雀王赶快飞走了。

这篇寓言说明，对敌人不能讲慈悲，劝他们行善是徒劳无益的。

雀儿肠肚

典出宋·陈思道《后山谈丛》四：曹武肃王密奏曰："孟昶王蜀三十年，而蜀道千余里，请擒孟氏而赦其臣以防变。"太祖批其后曰："你好雀儿肠肚。"

宋朝初年，宋太祖灭了后蜀，诏令把后蜀国王孟昶以及后蜀的大臣们都送到京城开封来，一一封了官职。这时，大臣曹彬密奏道："蜀国建立已三十多年了，根基深厚。蜀地离开封远达千里，一旦孟昶逃了回去，后患无穷。况且蜀国的人听说孟昶还活着，就可能借用他的名义叛乱。所以，蜀国的大臣们可以赦免，孟昶不能让他活着，应该立即杀掉。"宋太祖看了他的奏文后，哈哈大笑，在奏文后面批了几个字："你好雀儿肠肚。"仍然封孟昶为秦国公，他的两个儿子也封为节度使。因此，历史上都称赞宋太祖宽厚。

后人用"雀儿肠肚"的这个典故比喻人的肚量太小，不能宽宏大量。

雀入僧袖

典出《笑赞》：鹞子追雀，雀投入一僧袖中。僧以手搦定曰："阿弥陀佛，我今日吃一块肉。"雀闭目不动，僧只说死矣，张开手时，雀即飞去，僧曰："阿弥陀佛，我放生了你罢。"

鹞子追逐一只麻雀，麻雀走投无路钻入一个和尚的袖子里。和尚趁热把它握住，得意地自语说："阿弥陀佛，我今天可要吃到一块肉了。"

麻雀一听不妙，便闭上眼睛，一动不动，和尚只当它已经死了，刚一放手要看，麻雀乘机飞去。和尚很后悔，转而却又大声说："阿弥陀佛，我放生了你吧！"

后人用"雀入僧袖"的这个典故告诉我们，对那些伪君子的所谓虔诚善良的好话，是万万相信不得的。正如小麻雀只知道鹞子要吃它，却做梦也没有想到口中念佛的和尚要吃它，当小麻雀及时觉悟，巧妙地逃走以后，这个和尚又念起佛来了。

鹊巢鸠占

典出《诗·召南·鹊巢》：维鹊有巢，维鸠居之。

各种鸟类都有一种共同的本领，能够用口衔着泥和草，用来在树上筑巢居住，只有鸠鸟是例外。鸠不会自己筑巢，只凭着体力比较强，用武力欺凌别的鸟类，霸占其它鸟的巢来居住。所以《诗经》有云："维鹊有巢，维鸠居之。"本来这句成语在《诗经》里的原意是用鸠来比喻当时的女子，指那时候的女子都没有谋生的本领，但在结婚后，住到夫家却有现成的享受；正如鸠不懂筑巢来居一样。后来"鹊巢鸠占"成为成语，就是出于这两句话，用来比喻那些没有真实本领，只凭借势力或用阴险的手段，而占据别人的地位。

丧心病狂

典出《宋史·范如圭传》：如圭独以书责桧（秦桧）以曲学倍师、忘仇辱国之罪，且曰："公不丧心病狂，奈何为此？必遗臭万世矣！"

秦桧是南宋投降派的代表人物。他是政和进士。北宋末朝任御史中丞。靖康二年（1127）被俘到北方，成为金太宗弟挞的亲信。1130 年随金军至楚州（今江苏淮安），被遣归。他却诈称杀死防守士兵，夺船逃回。绍兴年间两任宰相，前后执政十九年，主张投降，为高宗所宠信。他杀害抗金名将岳飞，主持和议，决定向金称臣纳币的政策，为人民世代痛恨、唾骂。

有一次，金国的使者来到南宋京城，会谈议和条件。使者倚仗金国在军事上的优势，出言荒谬，态度傲慢，向南宋政权提出许多无理的要求，遭到朝野主战派官员的强烈反对。校书郎兼史馆校勘范如圭更是悲愤欲绝。他和秘书省的十几个同僚一起，痛骂金国使者，怒斥投降派卑鄙无耻。他们写了一份慷慨激昂的奏章，准备上书宋高宗，反对屈辱求和。但是，奏章写好之后需要签名的时候，人们害怕秦桧等人的淫威，担心遭到投降派的打击报复，于是纷纷打起退堂鼓来。

范如圭见这些人如此胆小怕事，又气又恨，于是他独自一人写了一封信给秦桧，痛斥他丧权辱国、卖国求荣的罪行。信中指责秦桧说："你秦桧如果不是丧失理智，言行荒谬，像发了狂一样，怎么能够干出这种卑鄙可耻的事情呢？你必定遗臭万年，被子孙后世所唾骂！"

成语"丧心病狂"便来源于此，意思是丧失理智，言行悖谬，像发了疯一样。

杀父篡位

隋炀帝杨广是中国历史上著名的暴君。他杀父杀兄，自立为皇帝，在历史上恶名昭著。

杨广是隋文帝杨坚的第二个儿子。他因为屡建战功，笼络了一大批人材，因此想取代他兄长杨勇的太子地位。为此，他费尽心机要取得隋文帝的欢心。

当时，隋文帝见国家初建，还很贫穷，便提倡节俭，反对奢侈浪费。太子杨勇生活很糜烂，好吃懒做，时间一长，渐渐失去了隋文帝的欢心。而杨广则很奸诈，每当隋文帝到他住所视察的时候，他就把歌姬舞伎们藏起来，换上打补丁的衣服，让几个穿得又破长得又丑的老太婆当佣人，还把乐器上都弄上尘土，好像长年不用一般。这样，隋文帝见了，对杨广很满意，认为他生活清贫节俭，和自己差不多。时间长了，隋文帝越来越喜欢杨广，最后，干脆废掉杨勇的太子地位，把杨广立为太子。

杨广被立为太子后，便迫不及待地想当皇帝。后来，隋文帝病重，卧床不起。杨广勾结大臣杨素，打算等隋文帝一死，马上当皇帝。不料他给杨素写的信落到了隋文帝手中，隋文帝读了之后，大吃一惊，想不到自己还没死，杨广已经在等着做皇帝了。他很后悔废了杨勇的太子地位，便召来大臣，要求重立杨勇为大子，废掉杨广。

杨广很快得知了这一消息，决定先下手为强。他带兵包围了皇宫，命令隋文帝身旁的爪牙把隋文帝害死。然后，冲进皇宫，篡取了皇位。同时，他又制造假遗嘱，逼杨勇自杀。杨勇还来不及回答时，送诏的人就把他拖出去杀死了。

这样，杨广杀父杀兄后，夺取了王位，改年号为“大业”。

隋炀帝在位期间，生活荒淫奢侈，对人民凶残无比，还连年发动战争，使百姓难以生存。恶人终有恶报，他在位 14 年后，部下谋反，把他勒死了。

伤风败俗

典出唐·韩愈《昌黎先生集·论佛骨表》：伤风败俗，传笑四方。

唐代时，由于最高统治者亲眼看到农民是怎样起来把隋朝打垮的，因此在自己实施统治时，除了加强国家机器外，特别注意加强思想意识方面的统治。作为这种统治的工具之一——佛教，受到了很大的重视。遇到国家的重要庆典、节日，经常诏儒、释、道三教讲论于殿、庭，也经常利用佛、道在街道上作通俗讲演。统治阶级还调用国家的人力物力，帮助一些有成就的僧人到处建寺、度僧。但是，这种敬佛、尊佛的风气，也遭到了一些有识之士的反对。他们认为，佛教徒不从事生产，浪费财富，导致了人民的贫困；佛教徒不事父母，不敬君长，违反了封建纲常秩序。因此，他们极力反对佛教的流传。文学家韩愈就是其中的一个。

元和十四年（公元819年），唐宪宗李纯把陕西凤翔法门寺的一块所谓佛骨迎入宫中供养。韩愈反对此举，并写了《论佛骨表》对宪宗提出了劝谏。表中说：大量历史事实已经证明，信佛的帝王没有什么好下场。现在迎佛骨，王公士庶奔走舍施，浪费财资；有的百姓发疯一般地烧灼了自己的身子。这些活动伤风败俗，传笑四方，不是一件小事情。其实所谓佛骨，不过是块发臭的烂骨头，应该扔到水里或抛入火中。唐宪宗看了这个奏表，十分生气，将韩愈贬为潮州刺史。

后人用“伤风败俗”谴责行为不正当。含贬意。

上下其手

典出《左传·襄公二十六年》：楚子、秦人侵吴，及雩娄，闻吴有备而还。遂侵郑。五月，至于城麇。郑皇颉戍之，出，与楚师战，败。穿封戌囚皇颉。公子围与之争之，正于伯州犁。伯州犁曰：“请问于囚。”乃立囚。伯州犁曰：“所争，君子也，其何不知？”上其手，曰：“夫子为王子围，寡君之贵介弟也。”下其手，曰：“此子

富翁五贼

为穿封戌，方城外之县尹也。谁获子？”囚曰：“颉遇王子，弱焉。”

楚襄王二十六年。楚国出兵侵略郑国。以当时楚国那么强大，弱小的郑国，实在没有能力抵抗的，结果，郑国遭遇到战败的厄运，连郑王颉也被楚将穿封戌俘虏了。战事结束后，楚军中有楚王弟子公子围，想冒认俘获郑颉的功劳，说郑王颉是由他俘获的，于是穿封戌和公子围发生争执，彼此都不肯让步，一时没有办法可以解决。后来，他们便请伯州犁作公证人，判定这是谁的功劳。伯州犁的解纷办法本是很公正的，他主张要知道这是谁的功劳，最好是问被俘的郑王。于是命人带了郑王颉来，伯州犁便向他说明原委，接着手伸二指，用上手指代表楚王弟公子围，用下手指代表楚将穿封戌，然后问他是被谁俘获的。郑王颉因被穿封戌俘虏，很是恨他，便指着上手指，表示是被公子围所俘虏，于是，伯州犁便判定这是公子围功劳。

后人用“上下其手”比喻玩弄手段，使用伎俩，共同作弊。

剃眉卒岁

典出《雪涛谐史》：有恶少，值岁毕时，无钱过岁。妻方问计，恶少曰：“我自有处。”

适见篦头者过其门，唤入梳篦。且曰：“为我剃去眉毛。”才剃一边，辄大嚷曰：“从来篦头，有损人眉宇者乎？”欲扭赴官。篦者惧怕，愿以三百钱陪情，恶少受而卒岁。妻见眉去一留一，曰：“曷若都剃去好看？”恶少答曰：“你没算计了！这一边眉毛，留过元宵节！”

有一个恶棍，在年终时，没钱过年。妻子问他怎么办，恶棍说：“我自有办法。”

正好看见一个剃头的人走过家门，便叫进来为他梳头洗理，并对他说：“你给我剃去眉毛！”

才剃去了一边，恶棍便大叫大嚷起来道：“古来剃头，有剃损人家眉毛的吗？”就要扭去见官。

篦头人非常害怕，愿意送他三百钱作赔情礼，恶棍收下来过了个好年。

妻子见丈夫的眉毛去了一边留着一边，他说：“何不都剃了去好看些？”

恶棍回答说：“你太没算计了，我留着这一边，还想凭它过个元宵节哩！”

后人用这则寓言说明此恶少可谓骗子加无赖的混合物。岂止恶少？在旧社会，对人民群众敲诈勒索、巧取豪夺的封建官僚们，难道不也似“恶少”遍地皆是吗？

天罗地网

典出《水浒传》第二回：天可怜见，惭愧了，我母子两个，脱了这天罗地网之厄！此去延安府不远了，高太尉要拿我也拿不着了。

高俅因踢得一脚好球，深受端王宠爱，做了端王的随从。后来，端王当了皇帝，就提拔他做了殿帅府太尉。高俅选定良辰吉日就职，殿帅府所有公吏衙将，马步人等，尽来参拜，开报花名。高俅一一点过，只有八十万禁军教头王进生病未到。高俅为此非常生气，便派人把王进抓来审问。幸好王进的部下为他求情，才免遭惩处。但是，王进心里明白：他父亲王升曾与高俅交过手，并把高俅打翻在地；而今高俅得志了，自己受他管辖，他要报仇，可了不得。

王进回到家中，便与母亲商定，三十六计，走为上策。于是母子二人离开东京，往延安府方向逃去。在路上遇到了不少艰辛困苦。有天行至途中，天将黑了，王进挑着担儿，跟在娘的马后，与母亲说道："天可怜见，惭愧了，我母子两个，脱了这天罗地网之厄！此去延安府不远了，高太尉要拿我也拿不着了。"

后人用"天罗地网"来比喻对罪犯进行缉捕的布置十分严密，亦指包围甚严，使敌无法脱逃。

为富不仁

典出《孟子·滕文公上》：为富不仁矣，为仁不富矣。

滕文公想要维持他的政权，便想懂得一些治国的道理，于是他去请孟子给他讲讲治国之法。孟子告诉他，要维护自己的统治，就得想法缓和一下国内的阶级矛盾。其办法之一就是使赋税正常，要有一定的赋税制度，并劝滕文公不要穷征暴敛，以缓和人民的反抗。他还引鲁国正卿阳虎的话说："为富不仁矣，为仁不富矣。"（意思是：要发财就不能讲仁爱，讲仁爱就发不了财。）

后人用"为富不仁"来形容一心为了发财，不择一切手段地对人民进行残酷的剥削。

为虎作伥

典出《北梦琐言·逸闻》：凡死于虎，溺于水之鬼号为伥，须得一人代之。

《太平广记·传奇·马拯》：伥鬼，被虎所食之人也，为虎前呵道耳。

古时有这样一则传说：有一只老虎，正在茂密的森林里寻找食物，忽然碰见一个人，就一口把人咬死，然后把身上的肉吃光了。老虎虽然把这人当作了鲜美的食物，痛快地吃了一顿；可是事后还不准这人的灵魂离开他，一定要替它再找一人饱肚，才可以获得自由。于是这灵魂就引着老虎满山地去找第二个人。不久，果真找到第二个人，这时候，那灵魂便走上前去把人的衣服脱掉，又把带子解开，让老虎一点不费事的吃赤裸裸的人身。那帮助老虎干这种吃人勾当的灵魂，叫做“伥鬼”，也叫“虎伥”。

从此，后人就根据这传说的情节，引巾出“为虎作伥”，意思即是引导、帮助坏人做坏事。

心怀叵测

典出《三国演义》。

《三国演义》中有这样一段故事：

一天，曹操忽然得到情报：刘备命诸葛亮和庞统，招兵买马，积草屯粮，连结东吴，操练军士，正准备北上征伐曹军。曹操急忙召集谋士商讨对策。荀攸说：“周瑜刚死，孙权必然慌乱，可以先取东吴，再攻刘备。”曹操担心地说：“我若南下远征，恐怕西凉马腾乘虚而入，如之奈何?”荀攸又献出一条计策，说：“以我之见，不如下诏书封马腾为征南将军，先诱骗他来到京师，然后杀掉他，除此大害，则无后顾之忧……”曹操连声说好，当即就派人动身去西凉召见马腾。

马腾接到诏书，急忙与长子马超商量。马超说：“曹操以天子之命诏命父亲，如果不去恐怕有违抗君王的罪过。不如进入京师，便中取事，杀了曹贼……”马腾的侄儿马岱忙阻拦说：“千万去不得，曹操心怀叵测，叔父若是中了他的诡计，必定身遭其害。”马腾想了又想，最后决定让马超留守西凉，自己带领儿子马休、马铁和侄儿马岱奔赴京师。

马腾的五千兵马屯住在京师许昌城外，这时曹军的门下侍郎黄奎暗中与马腾定下计策，预谋杀掉曹操。不料机密让黄奎泄露给妻弟苗泽，苗泽急告曹操。结果曹操将计就计，将马腾和黄奎一齐抓获斩首

“心怀叵测”意思是心里藏的主意令人难以猜测，通常用于贬义，形容居心不良。

幸灾乐祸

典出《左传·僖公十四年》：秦饥，使乞籴于晋，晋人弗与。庆郑曰："背施无亲，幸灾不仁，贪爱不祥，怒邻不义：四德皆失，何以守国？"虢射曰："皮之不存，毛将安傅？"

我国春秋时，晋国内乱，晋公子夷吾逃奔秦国，秦穆公将自己的女儿许配给他，又护送夷吾回国作君王，就是晋惠公。惠公在离秦前曾答应回国后送给秦国五座城作酬劳，但等到进入晋国国境，他立刻改变主意，不肯交割城池给秦国的使者，秦穆公念及婚姻关系，没有派兵去强夺；此后，晋国发生两次灾荒，秦国都救济。

第二年冬天，秦也闹灾荒，派人往晋国请求买粮，晋惠公却不肯答应，还想趁此机会攻打秦国。晋国有个大夫庆郑说："忘记人家的恩惠是无亲；人家有灾难却以为快心，是不仁；舍不得把东西给人，是不祥；激怒临国，是不义。四种美德都失掉了，如何能守得住国。"而惠公始终不听劝告，还以很不礼貌的态度对等秦国的使者。秦国上下群情哗然。秦穆公便亲自率大军攻打晋国，晋国大败，惠公也被俘。

后来的人便根据上述故事中晋大夫庆郑所说的话，引申成一句“幸灾乐祸”的成语，来说明：一个没有同情心的人，瞧见人家发生了灾祸，不但不援救，还将它当作是一件高兴的事，认为机会来了，藉此可以得到好处。含有贬义。

以强凌弱

典出《庄子·盗跖》：尧舜作，立群臣，汤放其主，武王杀纣。自是以后，以强凌弱，以众暴寡。汤武以来，皆乱人之徒也。

《庄子》这部书中记载这样一个故事：

孔子有位朋友，名叫柳下季，他的弟弟名叫盗跖，是出了名的大强盗。据说盗跖带领九千兵马，横行天下，侵扰诸侯，掠牛抢马，万民叫苦。有一次孔子对柳下季说：

“先生是当今世上的才子，可是弟弟却是强盗，为天

以强凌弱

下所耻笑，这是你做兄长的过错呀，既然是兄长，就应该能教导弟弟呀，我真为你感到羞耻呀！我去找他劝说劝说怎样？”

柳下季叹了一口气，说：

“先生哪里知道，我那个弟弟呀，心如泉涌，意如飘风，顺心则喜，逆心则怒，他不听别人的话呀，我看你也不必去劝他，他常用语言污辱人的……”

“不，我还是去劝劝他！”孔子让颜回驾车，子贡陪着，一块去寻找盗跖。

盗跖听说孔子来见他，勃然大怒，狠狠地骂道：“是那个鲁国的巧伪人吗？他不种地就吃饭，不织布就穿衣，整日里摇唇鼓舌，惹是生非，迷惑天下君主，欺骗各地弟子，他的罪行极重，赶快撵他走，不然就摘下他的心肝做我的午饭吃!”

孔子见到盗跖，耐心地劝他说：

“你身长八尺，美好无双，两眼闪闪，牙齿洁白，是位仪表堂堂的男子汉，可是却让人叫做强盗，我很为你羞耻呀！你假如听我的劝告，我可以南使吴越，北使齐鲁，东使宋卫，西使晋楚，给你造大城数百里，尊你为诸侯，你从此不要弄刀舞枪、侵扰万民，这可是贤人才士的行为啊!”

盗跖怒目圆睁，大声斥责孔子说：

“算了吧，孔丘你不要骗人了，什么大城诸侯，城再大还有天下大吗？尧舜有天下，可他们的子孙却无立锥之地；汤武立为天子，而他的后世却灭绝了。我知道上古时候人少而禽兽多，人住在树上，后来人们耕种取食，纺织取衣，互相之间没有相害之心，然而自从有了黄帝以后，争斗不止，血战不停，尧舜设立群臣，商汤击败夏桀，周武诛杀殷纣，都是以强大而欺凌弱小，以人多压迫人少的。自从汤武以来，全是征伐杀戮。而你现在却把丈武那一套东西教给后世，伪行谎言，蒙蔽天下之主，而想求得富贵，所以说天下的盗贼没有比你更大的了，天下人为啥不叫你盗丘，而偏叫我盗跖?”

孔子碰了一鼻子灰，赶忙跳上车离开盗跖，他双目无光，脸色如土，一连跑了三天，才回到鲁国。在东门外他遇到柳下季，柳下季问候说：

“几天不见，看车马的样子你好像出远门了，是不是去找盗跖去了？见到他了吗？”

孔子双眼望天，长叹一口气：“唉呀，我是自讨苦吃呀，差一点掉进老虎嘴巴里……”

成语“以强凌弱”即由此而来，意思是凭恃强力，欺负弱小。

成语“顺我者昌，逆我者亡”也出自这里。《庄子·盗跖》中的原文是“丘来前！若所言，顺吾意则生，逆吾心则死。”后人将这两句话改为“顺我者昌，逆我者亡”作为成语。意思是顺从我的就可以生存和发展；违背我的就要灭亡。现在多用这句成语形容专横跋扈或气焰嚣张；在军事上也可以比喻不可阻挡的形势。

郑袖不妒

典出《战国策·楚策》：“魏王遗楚王美人，楚王悦之，夫人郑袖知王之悦新人也，甚爱新人。衣服玩好，

二分明月

择其所喜而为之；宫室卧具，择其所善而为之。爱之甚于王。王曰：“妇人所以事夫者，色也；而妒者，其情也。今郑袖知寡人之悦新人也，其爱之甚于寡人；此孝子之所以事亲，忠臣之所以事君也。”郑袖知王以己为不妒也，因谓新人曰：“王爱子美矣！虽然，恶子之鼻。子为见王，则必子鼻。“新人见王，因其鼻。王谓郑袖曰：“夫新人见寡人，则其鼻何也?”郑袖曰：“妾知也。”王曰：“虽恶，必言之。”郑袖曰：“其似恶闻君王之臭也。”王曰：“悍哉!”令劓之，无使逆命。

魏王送给楚王一位美人，楚王十分惬意。

夫人郑袖看到楚王宠爱新人，于是也极力装出喜欢新人的样子。服饰玩物，新人爱好的，都给送去；宫室卧具，凡新人喜欢的，一概让出。真是体贴入微，关怀备至，疼爱之情胜过楚王。

楚王感叹道：“女人之所以能够取悦于自己的丈夫，

凭借的是她们的美色。而相互妒忌，则是她们的本性。如今郑袖知道我喜欢新人，其爱怜之心比我还深，这样的美德就如同孝子服侍双亲，忠臣侍奉君啊！”

郑袖知道楚王已不再怀疑自己妒忌了，便马上施展手段，借刀杀人。她对新人说：“楚王很爱您的美貌，可是不太喜欢您的鼻子。今后你见楚王时，如能把鼻子掩住，你就会倍加得到君王的欢心。”新人依言而行，每次见了楚王都捂着鼻子。

楚王很纳闷，去问郑袖：“新人最近见我，老是捂着鼻子，不知是什么缘故？”郑袖说：“妾知道。”但又故作状态，欲言又止。楚王看她吞吞吐吐的样子愈加怀疑，催促说：“即使是难听的话也没关系，你直接了当地说吧！”郑袖这才说：“好像是厌恶君王的臭味。”楚王气得七窍生烟，骂道：“不识抬举的贱人，太狂了！”随即下令把新人的鼻子割掉，不得违命。

后人用“郑袖不妒”的这个典故说明：阴险、狡诈的人干坏事，总是把自己的真情实意隐藏起来，装出另一副嘴脸，笼络人心，骗取信任，然后在背后搞阴谋，施诡计，借刀杀人。郑袖就是这种两面派的一个典型人物。

指鹿为马

典出《史记·秦始皇本纪》：赵高欲为乱，恐群臣不听，乃先设验。持鹿献于二世，曰："马也。"二世笑曰："丞相误耶？谓鹿为马。"问左右。左右或默；或言马，以阿顺赵高；或言鹿者，高因阴中诸言鹿者以法。

赵高想篡夺帝位，但又耽心群臣不服，就想先试探一下。一天，赵高牵了一头鹿献给秦二世，对二世说："这是一匹马。"二世笑着说："丞相，您弄错了吧？把鹿说成了马。"赵高就问左右的官员们到底是鹿还是马。有的不敢吭声；有的竟说是马，用来讨好赵高；也有照实说是鹿的，赵高就背地里中伤那些说真话的人，加以惩处。

这则历史故事，后人用以比喻那些利用权势故意颠倒黑白、混淆是非的行为。

烛邹主鸟

典出《晏子春秋·外篇重而异者》。景公好弋，使烛邹主鸟而亡之。公怒，召吏欲杀之。晏子曰："烛邹有罪三，请数之以其罪而杀之。"

公曰："可。"

于是召而数之公前，曰："烛邹！汝为吾君主鸟而亡之，是罪一也；使吾君以鸟之故杀人，是罪二也；使诸侯闻之，以吾君重鸟以轻士，是罪三也。"

数烛邹罪已毕，请杀之。

公曰："勿杀！寡人闻命矣。"

齐景公喜戏弋射，派烛邹管鸟而鸟跑掉了。景公大怒，命官吏杀他。晏子说："烛邹有三条罪，请让我当面数说他的罪状然后杀他。"

景公说："可以。"

于是召来烛邹在景公面前数落他的罪过，说："烛邹！你替我们国君管鸟而让它跑掉，这是罪过之一；使我们国君因为鸟的缘故杀人，这是罪过之二；使天下诸侯听到这件事，以为我们国君重鸟而轻士，这是罪过之三。”

晏子数说烛邹的罪状完毕，请景公下令杀掉他。

景公说：“不要杀！我领教了。”

后人用“烛邹主鸟”批判这种类似齐景公重鸟轻人的行为。

助纣为虐

典出《史记·留侯世家》：夫秦为无道，故沛公得至此。今始人秦，即安其乐，此所谓助桀为虐。

汉高祖（刘邦）领兵攻破秦国武关（在今陕西省商县东）以后，一直打到蓝田，又在蓝田以北完全歼灭了秦国的兵力。秦王子婴迫不得已，身上穿着丧服，头上扎了丝条，表示要自杀的样子，捧着国家的玉玺，跪在轵道（今陕西省咸阳东北）的路旁，请求准许投降。刘邦没有杀他，还给他一个小官职；自己就在这时胜利地进入了秦国国都——咸阳。刘邦看见秦王的宫殿十分巍峨宏大，宫里的设备非常富丽堂皇；又有无数的财宝，玩物和漂亮妃子，就想留住在宫里。樊哙劝他不要这样，他不听。张良就说："秦国十分残暴无道，所以你才能够到这里来。替天下消灭残余恶势力的人，应该改变秦朝的奢侈和淫乐，厉行艰苦朴素以号召天下。现在你才占领秦国，就要享受秦王所享受的快乐，这是'助桀为虐'的行为。忠言虽然听来觉得不顺耳，但对于人的行为却很有益；良药虽然喝着觉得苦口，但对于人的病症却很有效。愿你听从樊哙的劝说。"刘邦这才醒悟过来，于是带着部队撤出成阳，移驻霸上（今陕西长安县东）。

以后的人就引用张良说的"助桀为虐"这句话来譬喻帮助坏人做坏事。后来又多用做"助纣为虐"。因为桀和纣都是我国历史上暴君。

专横跋扈

典出《后汉书·梁冀传》：帝少而聪慧，知冀（梁冀）骄横，尝朝群臣，目冀曰："此跋扈将军也。"

东汉时，有个叫梁冀的人，是大将军梁商的儿子，字伯卓。为了篡权，他把两个妹妹送入宫中，做了汉顺帝（刘保）和汉桓帝（刘志）的皇后。其父梁商死后，还没安葬，汉顺帝就拜梁冀为大将军。顺帝死后，冲帝尚在襁褓之中，梁冀的妹妹梁太后临朝执政。他们兄妹二人先后立了冲、质、桓三个皇帝，专断朝政近二十年。当时，满朝上下尽是梁家的党羽。梁冀执政期间，骄奢横暴，独断专行，大兴土木，多建苑囿，并强迫百姓数千人为奴婢，称“自卖人”。

由于梁冀党羽满朝，凶狠专横，皇帝和一些大臣既恨他又怕他。汉质帝（刘缵）深知梁冀的骄横，常对大臣们说，梁冀是个“跋扈将军”。梁冀听到此话以后，恨得咬牙切齿，命人在食物中放了毒药，毒死了质帝。后来，梁太后死去，桓帝与宦官单超等人定计，诛灭了梁氏，梁冀自杀身亡。

后人用“专横跋扈”的这个典故比喻一个人独断专行，蛮不讲理。

擢发难数

典出《史记·范睢蔡泽列传》：范睢既相秦，秦号曰

幸灾乐祸

张禄，而魏不知，以为范睢已死久矣。魏闻秦且东伐韩、魏，魏使须贾于秦。范睢闻之，为微行，敝衣闲步之邸，见须贾。须贾见之而惊曰："范叔固无恙乎！"范睢曰："然。"须贾笑曰："范叔有说于秦邪？"曰："不也。睢前日得过于魏相，故亡逃至此，安敢说乎！"须贾曰："今叔何事？"范睢曰："臣为人庸赁。"须贾意哀之，留与坐饮食，曰："范叔一寒如此哉！"乃取其一绨袍以赐之。……范睢归取大车驷马，为须贾御之，人秦相府。府中望见，有识者皆避匿。须贾怪之。至相舍门，谓须贾曰："待我，我为君先人通于相君。"须贾待门下，持车良久，问门下曰："范叔不出，何也？"门下曰："无范叔。"须贾曰："乡者与我载而人者。"门下曰："乃吾相张君也。"须贾大惊，自知见卖，乃肉袒膝行，因门下人谢罪。于是范睢盛帷帐，侍者甚众，见之。须贾顿首言死罪……范睢曰："汝罪有几?"曰："擢贾之发以续贾之罪，尚未足。"范睢曰："汝罪有三耳。昔者楚昭王时而申包胥为楚却吴军，楚王封之以荆五千户，包胥辞不受，为丘墓之寄于荆也。今睢之先人丘墓亦在魏，公前以睢为有外心于齐而恶睢于魏齐，公之罪一也。当魏齐辱我于厕中，公不止，罪二也。更醉而溺我，公其何忍乎？罪三矣。然公之所以得无死者，以绨袍恋恋，有故人之意，故释公。"乃谢罪。人言之昭王，罢归须贾。

战国时魏国的范睢跟着须贾代表魏国去访问齐国，齐襄王一连几个月不接见须贾；却因听说范睢有口才，派人送去十斤金子和大量的酒食。须贾以为一定是范睢把魏国的秘密泄给了齐国，才得到这种赏赐的，心里非常气愤。回国后就向相国魏齐作了报告。魏齐信以为真，把范睢当作卖国的罪犯，毒打了一顿。幸亏郑安平假说他已经被打死，才能改名张禄，逃到秦国做了相国。后来秦昭王听信范睢的主张，派兵去打魏国。魏国以为范睢已经真被打死，不知张禄便是范睢。派须贾到泰国请求能兵。这时，范睢扮做一个穷人模样，跑到客馆里去见须贾，假说自己在秦国官员们下做事情。须贾听了很高兴，立时由范睢驾车，一内去见张禄。当到达相府门口说，范睢下车对须贾说：“你在这里等一会，我先进去跟相国说一声。”可是须贾等了好久，也没信息。向门官探问范睢怎么还不出来，才弄明白那个被他迫害的范睢，就是如今握着秦国大权的相国张禄。于是脱掉上衣，光着身子，跪着请门官带到范睢面前回说有死罪，请求处分。范睢坐在堂上十分威严的问：“你有多少罪？”须贾惶恐地回答道：“拔光我的头发，用来计算我的罪过，也不够呀！”

后来的人便根据须贾所说的几句话，引伸成“擢发难数”这句成语，用来形容罪恶多得数不清；或某种事物的数字非常之多，没有法子计算清楚。

阿留守柳

典出《阿留传》：舍前植新柳数株，元素恐为邻儿所撼，使留守焉。留将人饭，则收而藏之。

周元素房前新栽了几株柳条，怕邻家的小孩去摇晃，就叫阿留去看守。阿留要回家吃饭，（怕孩子们折腾）就把柳条统统拔出收藏起来了。

这则寓言故事很像《孟子》里的《揠苗助长》，都是出自一片好心，但却办了一件大错事。柳条栽在地里，原是为了使它成活，阿留却害怕孩子们淘气，把柳条拔出来收藏好，结果葬送了柳苗的全部生命。——光顾眼前，忘却了根本，就会把好事办成坏事。

矮榻缺足

典出《阿留传》：矮榻缺一足，使留断木之岐生者为之。持斧锯，历园中竟日。及其归，出二指状曰："木枝皆上生，无下向焉！"

有只矮床掉了一条腿，派阿留去砍一个树杈回来装上。阿留手持斧子和锯，在园林里找了整整一天。等他回来的时候，他伸出两个指头比划着说："树杈全是往上长的，没有一个是向下的呀！"

把树杈翻转，倒装在床的一端，可以形成两个支点，这原是极普通的常识。但是阿留头脑僵化、迷信形式，竟达到这般田地——认为床脚向下，而树杈往上生长就无法适用，真是可悲可笑。

安于故俗

典出《史记·商君列传》：常人安于故俗，学者溺于所闻。以此两者居官守法可也，非所与论于法之外也。

商鞅名公孙鞅，他是卫国人，所以又称他卫鞅。后来因为他在秦国变法有功，秦国封他为商鞅。

商鞅年轻时候聪明好学，尤其喜欢研究刑法。他在魏相公孙座手下当中庶子的小官。公孙座很赏识他，认为他有辅佐君主的才能，所以在他病重时曾经将商鞅举荐给魏惠王，让魏惠王任命商鞅为相国，可魏惠王没有同意。

公孙座死后，商鞅跑到秦国。秦孝公与他谈了三次以后，觉得他很有本事，便任命他为左庶长，让他制定变法的新法令。但朝廷的一些大臣反对商鞅的主张，与他辩论起来。

大臣甘龙说：“古代的圣人都是不改变民俗而教导他们；智慧的君主也是不变换法令而治理国家。这样不必花费很大力气就能成功，按照旧的法令办事，官吏熟悉，百姓也习惯，何必变法呢？”

商鞅驳斥甘龙说：“你这是世俗之见。平常的人安于老一套的习俗，沉溺于旧的见闻。这样的人做官守法还是可以的，但不能与他们谈论变法、革新的道理，因为他们的思想过于保守了。三代不同礼而王，五伯不同法而霸。从古至今哪有不变化的道理呢？贤者智人作法更礼，而愚人不肖者不明变通，才阻拦限制实行变法！”

大夫杜挚也反对商鞅说：“反正效法古人是无罪的，遵循古礼是不会犯错误的！”

商鞅针锋相对，批驳他说：“治理国家从来不是一成不变的，更没有一套固定的办法。商汤和周武都没有效法古制，但却得了天下；夏桀和殷纣没有改变礼法，然而却灭亡了。所以说，违反古例不一定错，遵循古法也不一定对！”

秦孝公觉得商鞅的见解很合道理，就坚决地支持他改革法规。

不久，商鞅制定了一套新法令，比如百姓五家为一保，十保相连；一家犯罪而九家举发，若不纠举则十家连罪；投降敌人的要斩首，私藏罪犯的要判罪；有功的封赏进爵……新的法令施行之后，果然见效，不到十年，秦国就强盛起来，社会安定，山无盗贼，道不拾遗，家富人足，百姓也高高兴兴。秦孝公十分高兴，提升商鞅为大良造的官职，商鞅又将秦国内划分为三十一个县，设置令、丞等官吏，丈量土地，统一量器，秦国逐渐成为诸侯中的强国。

成语“安于故俗”意思是安于老一套的习俗，后人用它形容思想保守、因循守旧、不求革新。

拔苗助长

典出《孟子·公孙丑上》：宋人有闵其苗不长而揠之者，芒芒然归，谓其人曰：“今日病矣，予助苗长矣。”其子趋而视之，苗则槁矣。揠，拔起的意思。

这是孟轲向他的学生公孙丑讲的一个故事，大意是：宋国有个人嫌他田里的苗长得太慢，就跑到田里把每棵苗向上拔高了一些。他认为这样就可以让苗长得快了。于是回来对家人说：今天实在太累了，我帮助田里的苗长高了。他的儿子听说以后，赶快跑到田里去看，只见被他拔起的苗都已经枯萎了。

后人用“拔苗助长”这个典故比喻不顾事物发展的

规律，强求速成，反而把事情弄糟了。

抱薪救火

典出《史记·魏世家》：且夫以地事秦，譬犹抱薪救火，薪不尽，火不止。

战国时，许多小国都被大国灭了，最后剩下七个大国，史称“战国七雄”。而以秦国为最强。魏国嫠王时，先后三次遭秦国攻打，折兵失城；第四次秦国又出兵攻魏，各国诸侯见秦国不断进攻魏国，都为自己的安全担心起来，于是大家联合起来，共同对付秦国的侵略。韩、赵二国首先援助，合三国兵力抗秦。可是结果仍然被秦军打败，三国折兵十五万。这时魏国有个大将段于子，见魏国兵败，提议将魏国南阳地送给秦国求和。谋臣苏代向魏王说：“要想得到大将印玺的人是段于子，要得魏国地方的却是秦国，现在大王却使想要地方的人管印，使想得印的人管地，魏国的地方没有割完以前，他们都不会满足。而用割地的办法去讨好秦国，就像抱薪救火一样，柴没有烧完，火是不会熄灭的。”可是魏王始终拿不定主意，结果终为秦国所灭。一个国家要单凭割地来求取和平，不但不能长久，而且终有被灭亡的一天；只有一面发奋图强，一面抗拒侵略，才能生存。像魏王那样怕这又怕那，希冀割地求和，哪有不失败的？救火必须用水，才是对症下药，这是最简单而明显的常识。

这一成语却是说：当一个人看见人家失火，却抱了一束柴草去扑救，这样当然不但不能救火，反而使火势越来越大，变得不可收拾。

后来的人，形容一个人处事不得方法，越是想除害，害处越加多，便称做“抱薪救火”。

暴虎冯河

典出《论语·述而》：子谓颜渊曰：“用之则行，舍之则藏，唯我与尔有是夫？”子路曰：“子行三军，则谁与？”子曰：“暴虎冯河，死而无悔者，吾不与也；必也临事而惧，好谋而成者也。”

有一天，孔子和他的弟子颜回、子路在一起谈话，孔子对颜回说：“人家用得着我的时候我就出去，人家弃我的时候我就藏起来，只有我和你二人可以这样做。”子路见孔子称赞颜回，很不高兴，很不服气的问孔子道：“先生如果你到军队里去打仗，你要谁跟你一起去呢？”意思表示自己是很勇敢的。孔子说：“暴虎冯河，死而无悔者，吾不与也；必也临事而惧，好谋而怀有戒心，并且喜欢同人家商量，保证可以成功的人，我才叫他同去。”

在孔子的学生中，子路最是勇敢，孔子的这番话，正是告诫他不能专靠勇敢行事，在处理一个问题时还要应用头脑，人可以擒虎或打死老虎，人也可以渡河而毫无危险，但必须要估计主客观两方面的条件，不能仅凭一时之勇而蛮干下去，否则不是擒不着虎，过不了河，便是不幸被虎所伤害或被水所溺死。

后来的人便把恃力用强，不用脑筋去蛮干的做法称做“暴虎冯河”。暴虎，是仅凭双手去和老虎搏斗；“冯河”，是不靠船只而从水面上走过河去。赤手空拳斗老虎，不用船只去渡河，这都是极端危险的做法，虽然表示了自己的勇敢，却是智者所不取的。

背道而驰

典出《战国策·魏策四》：魏王欲攻邯郸，季梁闻之，中道而反，衣焦不申，头尘不去，往见王曰："今者臣来，见人于大

背道而驰

行，方北面而持其驾。"告臣曰："我欲之楚。"臣曰："君之楚，将奚为北面？"曰："吾马良。"臣曰："马虽良，此非楚之路也。"曰："吾用多。"臣曰："用虽多，此非楚之路也。"曰："吾御者善。"此数者愈善，而离楚愈远耳。"今王动欲成霸主，举欲信于天下，恃王国之大，兵之精锐，而攻邯郸，以广地尊名，王之动愈数，

而离王愈远耳，犹至楚而北行也。”

战国时，魏国有一个臣子，名叫季梁，奉使到外国。可是当他还没有到达这个国家，在中途就听到魏王要出兵攻打赵国的都城邯郸。季梁得到这个消息，半路上折回来，急急忙忙赶回都城大梁，连家也没有归，就赶紧进宫，拜见魏王。

魏王闻报季梁回来了，觉得很奇怪。他奉命出使，这么快就回来，难道有什么特殊的事故发生了吗？当即传命召见。

季梁见到了魏王，他那一副满面风尘，全身肮脏的模样；魏王看了有点可笑，但还是忍住了问他：“你是奉命出使的，这么快就回来？一定是中途折返，难道有什么重要事情，要告诉寡人？”

“是的，有一件重要而且紧急的事，要禀告大王。”季梁喘息着说。“有什么紧急的事，你说吧。”魏王说。

季梁一面喘着一面说：“臣在途中，遇到了一位驾车的御者，挥着鞭子，叱着马，向北驰去。”

魏王笑道：“这是什么重要而又紧急的事，值得你中途折返报告吗？”

“启奏大王，问题在于他是到楚国去呀！”

魏王说：“到楚国自然是向南走，他为什么向北驰去呢？”

李梁说："臣言紧急、重要，即在于此。我当时就问乘车的主人：'你到楚国，为什么要向北方而去？'他对我说：'因为我驾车的这匹马，是一匹名驹，脚程飞快，转眼就可以跑几十里。'我对他说：'你的马脚程虽快，可是越快越糟，因为你走的方向不对，到楚国是要向南去的，你怎么可以往北呢？'他说：'我带有足够的经费，这路途之上，我是不用担心的。'我说：'尽管你带的经费充足，可是你方向走得不对，永远也到不了楚国的。'他说：'不要紧，我的车夫有多年驾御的经验，什么样的马他都能驾御，更何况是一匹名驹，有日行千里的脚程，我何惧哉呢？'"

魏王不禁大笑起来："这人简直是个疯子。他虽然有这么多优越的条件，可是他是背道而驰，楚国在南，他要向北，他的马快，御者精，就更使他离楚国遥远了。"

季梁免冠顿首曰："大王说的话一点不错，这人是背道而驰，愈向北则愈离楚国远。但大王平时尝以成王成霸自许，称雄天下自命。可是今天大王倚仗国势强，国土广，兵卒精，即进攻邯郸，取赵地以自益。依臣愚见，大王愈对邻国用兵多，则愈离成王成霸的基业远甚，亦正如臣在中途所见的那位去楚国而向北行的驾车者，是背道而驰啊！"

"背道而驰"比喻方向、目标完全相反。

鄙人弃玉

典出《淮南子·修务训》：鄙人有得玉璞者，喜其状，以为宝而藏之。以示人，人以为石也，因而弃之。

此未始知玉者也。

有一个大老粗拾到了一块璞玉，很喜爱它的美丽形体，认为是块宝贝而藏蓄起来。有一天拿出来给人看，人们都说是石头，他就把它丢掉了。

这就是从来不曾知道玉石是什么的人呀。

寓言讽刺了无实学，不识货，以耳代目，甚至代大脑，只听别人的，结果把玉璞当石头扔掉。上当受骗，势所不免。

博士买驴

典出《颜氏家训·勉学》：博士买驴，书卷三纸，未有“驴”字。

邺下有个博学的人，他买了头驴。书写买卖合同时，为了炫耀自己的学问，这个合同写满三页，文中充满了华丽的词藻：描绘驴子形态；叙述了自己需要驴子的愿望；铺叙了双方买卖过程；称赞了卖主的诚实……凡是谈到驴子都用“健步”、“蹇卫”等词代替，而不用一个驴字。这样的合同当然不合程式，也是无效的。卖方不肯画押。博士费了老大的劲，卖弄了自己的才学，却落个“不好”，大为生气，于是去衙门申诉。县官看后，笑道：“应用文字和文学作品是两码事，你连这都不懂，真是书呆子，算什么博学之士！”

这事传为笑话，并形成了谚语：“博士买驴，书卷三纸，未有驴字。”

后人用“博士买驴，书卷三纸，未有驴字”的这个谚语比喻废话连篇、不通人情世故的书呆子。

卜妻为袴

典出《韩非子·外储说左上》：郑县人卜子，使其妻为袴。

其妻问曰："今袴何如？"

夫曰："象吾故袴。"

妻因毁新令如故袴。

郑县人卜子，要他妻子给他缝一条裤子。

他的妻子问道："把这条裤子做成什么样子？"

丈夫说："像我那条旧裤子。"

于是，妻子就把新裤弄得又脏又破，使它像那条旧裤子。

这则寓言嘲笑了那些以古为法的守旧者：他们毁新裤以像旧裤，从而保持着旧裤的样式，达到以古为法。他们头脑里所装的智慧比起卜子的老婆来，难道还会更多一些吗？

不懂装懂

典出江盈科《雪涛小说》：北人有生而不识菱者，仕于南方，席上啖菱，并壳人口。或曰：“啖菱须去壳。”其人曰：“我非不知。并壳者，欲以清热也。”问者曰：“北方亦有此物否？”答曰：“前山后山何地不有！”

北方有个生来不认识菱角的人，在南方作官。有一天，在宴席上吃菱角，他连壳一起放进嘴里吃。有人对他说：“吃菱角要剥掉壳儿。”那个人说：“我不是不知道。我连壳一起吃，是想用它清热去火呀！”问的人说：“北方也有这种东西吗？”那个人回答说：“前山后山哪个地方没有哇！”

这篇寓言尖锐地讽刺了那些不负责任，不顾效果，主观片面的形式主义者。

不合时宜

典出《梁溪漫志》：东坡一日退朝食罢，扪腹徐行，顾谓侍儿曰："汝辈且道是中有何物？"一婢遽曰："都是文章。"坡不以为然。又一人曰："满腹都是识见。"坡亦未以为当。至朝云，乃曰："学士一肚皮不入时宜。"坡捧腹大笑。

苏东坡是宋代著名的大诗人，他的诗、词、散文写得好，又能作画、写字，是一位难得的艺术家，因为他的诗、画、字都达到很高的水平，所以后人称苏东坡为"三绝"。

苏东坡少年时代学习十分刻苦，他知识渊博，文笔酣畅，二十二岁就考中了进士。当时他的主考官是欧阳修。欧阳修看了他的考卷，非常惊奇，赞叹道："此人可谓善读书，善用书，他日文章必独步天下。"连皇帝宋仁宗都很佩服苏东坡的文章，常常念他的文章而忘记了吃饭。

苏东坡在朝廷任了官职以后，诚心诚意想为国家效力。他看到朝廷存在不少问题，皇帝也有不少毛病，就上书给皇帝提意见，为朝廷提建议。

有一年正月十五，百姓都买灯庆贺佳节，卖灯人也趁时令多做灯笼出售。可是皇帝下了一道命令，压低灯价收购灯笼，卖灯人亏了本，很不满意。苏东坡了解了这个情况，就给皇帝写信，批评皇帝，惹得朝廷大臣很不高兴。不久，王安石提出变法革新，苏东坡又提出不同意见，加以反对，弄得连京城都无法再住下去为此他心情很不愉快，

有一天，吃过早饭以后，苏东城一边拍着肚子，一边缓步走出房门，随口问家中的侍儿："你们猜猜我这里边都是些什么？"

侍儿答道："大人的文章名满天下，当然是满肚子文章喽！"

苏东坡摇头笑道："不对，不对……"

"学士的学问高深，朝廷上下无不称赞，一定是满腹见识！"另一个侍儿这样说：

苏东坡对他的回答仍然不满意：，这时正巧朝云走过来，她是苏东坡的侍妾，人十分聪颖，而且会弹琴、唱歌，她眼睛一闪，忽然对苏东坡说："依我看，学士整天上书、进策，可是人家不理睬，四处碰壁，回家就发牢骚……所以我看学士是一肚子不合时宜！"

“哈哈哈……让你说中了，我真是不合时宜呀！”苏东坡拍着肚子，纵情地大笑起来。

后人将“不合时宜”作为一句成语，表示与世情不相投合，不合时势所需要。

徒读父书

盈成我百

典出《史记·廉颇蔺相如列传》：赵王因以括为将，代廉颇。蔺相如曰：“王以名使括，若胶柱而鼓瑟耳。括徒能读其父书传，不知合变也。”赵王不听，遂将之。赵括自少时学兵法，言兵事，以天下莫能当。尝与其父奢言兵事，奢不能难，然不谓善。括母问奢其故，奢曰："兵，死地也，而括易言之。使赵不将括即已，若必将之，破赵军者必括也。"

战国时期，秦国出兵进攻赵国，赵国名将廉颇用防御战略，坚守城池，不与秦兵交战。他估计，秦兵围城日久，便要劳师无功，不战自退。他这个战略，对赵国来说，无疑是正确的。但这却苦了秦兵，他们知道，要不除去廉颇，秦国这次出兵一定要失败。于是，秦国便运用反间计。使范雎在赵王面前说："秦国怕的是马服君的儿子赵括，要是他做了统帅，秦兵就不敢来了。"赵王沉思了一会儿，觉得还是很有道理，马服君的确是了不起的。……当然啦，虎门无犬子，秦人也怕他的儿子的啊！于是，他便准备派赵括代替廉颇做统帅，好叫秦国退兵。蔺相如听了，赶忙跑去见赵王，说："听说大王要启用赵括做统帅，但是大王你知道吗？赵括是个读死书的人。他得到了知识、道理都是变成死的东西，他是个不懂得运用知识、变通办法的人。请大王千万不要用他啊！"可是，赵王并没有听他的话，赵国便为秦所打败了，四十万士兵葬身在秦军手下。

后人用"徒读父书"比喻只会死啃书本，不懂实际的人。

聪明自误

典出北宋苏轼的诗《洗儿》(旧时风俗，婴儿生后三天或一个月，要洗身并宴请亲友，称作“洗儿”)：人皆养子望聪明，我被聪明误一生。惟愿孩儿愚且鲁，无灾无难到公卿。(惟：只；鲁：迟钝；公卿：泛指封建社会的高级官吏)

宋朝时，苏轼自认为很有才干，但“怀才不遇”；他自认为自己生性聪明，但不得志。后来，搞政治投机又没有成功，在这种颓丧情绪下，他作了上面说的那首发泄牢骚的诗，意思是：人们养育孩子都盼他聪明，我却被“聪明”耽误了一生，只希望我的儿子愚笨又迟纯，能够一帆风顺地当上大官。

后人用“聪明自误”这句成语，(有时也写作“聪明反被聪明误”)比喻玩弄小聪明，反而害了自己。

翠鸟移巢

典出《古今潭概》：翠鸟先高作巢以避患。及生子，爱之，恐坠，稍下作巢。子长羽毛，复益爱之，又更下巢，而人遂得而以之矣。

翠鸟起先为了躲避灾祸，总是选择很高的地方营巢筑窝。等它孵出小鸟以后，因为特别喜爱它们，只怕从高处摔下来，便移到稍低一点的地方筑窝。后来，小鸟长出了美丽的羽毛，大鸟就更加喜欢它们了，于是又向下移巢，结果人们很容易地把它们捉走了。

后人用“翠鸟移巢”的这个典故告诫人们；办事情要注意一种倾向掩盖另一种倾向。翠鸟移巢，没有看到高低各有利弊。

错死了人

典出《广谈助·谐谑篇》：东家丧妻母，往祭，托馆师撰文，乃按古本误抄祭妻父者与之。识者看出，主人大怪馆师，馆师曰："古本上是刊定的，如何会错，只怕他家错死了人。"

东家的岳母死了，全家准备前去祭奠，请私塾先生给撰写一篇祭文。

私塾先生按照古本误抄了一篇祭岳父的文章，交给了东家。内行人看出了祭文的错误，主人责怪私塾先生，但私塾先生毫不考虑，肯定地说："古书上写的都是刊定过的，怎么会错呢？只怕是他家死错了人吧。"

后人用"错死了人"的这个典故讽刺那些喜欢把书本上的东西当做万古不变的教条，到处生搬硬套的人。

打草惊蛇

典出《酉阳杂俎》：王鲁为当涂令，颇以资产为务。会部民连状斥主簿贪贿，鲁判曰："汝虽打草，吾已惊蛇。"

唐朝的时候，有一个叫王鲁的人，他在做当涂（今安徽当涂县）主官的时候，行为不检，爱财贪污。后来有人在他面前控告他的主簿（相当于现在的秘书职务）营私舞弊，接受贿赂。状子上列举的罪行，和他自己的违法行为都有大同小异的地方。他一边看状子，一边直打寒颤。等到把状子看完，已经忘记应该作出自处意见，却不由自主地受他当时思想感情的驱使在状子上批了八个字，八个字是："汝虽打草，吾已蛇惊。"意思是：你虽然打的是地上的草，但我像伏在草里面的蛇一样，已经受到惊骇了。

后人根据这故事里王鲁所批的八个字，引申成"打草惊蛇"，用来譬喻一方面对甲方严罚；一方面就是给乙方警戒，引起惊慌。但现在却已用来比喻做事不密，使对方得以警戒预防。

戴嵩画牛

典出《画论类编》：蜀有杜处士，好书画，所宝以百数。有戴嵩牛一轴，尤所爱，锦襄玉轴，常以自随。一日曝书画，有一牧童见之，拊掌大笑。曰："此画斗牛也。斗牛力在角，尾搐入两股间。今乃掉尾而斗，谬矣！"处士笑而然之。古语有云："耕当问奴，织当问

岂辱马医

婢。”不可改也。

在四川有个杜处士，平生喜好书画，宝贵的名书画有数百幅。其中有一轴是戴嵩画的牛，尤其珍爱，用锦囊做画套、用玉石做画轴，经常随身带着。有一天，他打开书画晒太阳，有个牧童看见了戴嵩的画牛图，鼓掌大笑起来。说道：“这张画是画的斗牛呀，斗牛的力气在角上，斗时把尾巴紧紧地夹在大腿之间。现在这张画上的牛却是摇着尾巴相斗，错了！”杜处士笑了笑感到说得很对。

古人有句话说：“耕田的事应当去问农民，织布的事应当去问婢女。”这个道理是不能改的呀。

后人用这则寓言说明实践出真知。苏轼在其《书戴嵩画牛》中，批评唐代戴嵩画牛图失真，是由于画家“观物不审”的结果。一个艺术家，即使像戴嵩这样的画牛大家，如果对某个生活细节观察得不、准确，就会形成笑柄，连一个牧童也比不上。苏轼引述古人“耕当问奴，织当问婢”的话——即向有实践经验的劳动人民学习，表现了他进步的艺术观。

单豹好术

典出《吕氏春秋·遇合》：单豹好术，离俗弃尘，不食谷实，不衣芮温，身处山林谷崛，以全其生。不尽期年，而虎食之。

单豹这个人，崇信方术，想脱离人世。

他不吃人们种植的五谷杂粮，不穿人们纺织的衣服，躲进深山老林，住在深穴中，借以保全所谓自然赋予人的天性。

不到一年，就被老虎吃掉了。

后人用“单豹好术”的这个典故比喻有些人生活在社会中，却想脱离现实，逃避斗争的想法。正如鲁迅先生所说，这好像是自己揪住自己的头发，要离开地球一样，是完全不可能的。

当断不断

典出《史记·春申君列传》：当断不断，反受其乱。

战国时，楚考烈王无子，相国春申君为此忧心忡忡。不久，有赵国人李园携带一女子来到楚国，想献给楚王。但打听到楚王没有生育能力，就转而投靠春申君，春申君就将她占为己有。

过了一段时间，这女子怀了孕，她私下对春申君说："楚王对你的宠爱，已远远超过了他的兄弟。你在楚国为相二十余年，万一楚王死后，他兄弟立为王，肯定重用他的亲信，如果把我献给楚王，生的是儿子，一定立为太子。今后太子立为王，你就是太子的父亲。这样；楚国不就是你的了吗？"春申君觉得此话有理，就将女子献给了楚王。后来，这女子生下一个儿子，果然立为太子。而李园也因此受到楚王宠幸。

几年后，有一个叫朱英的人对春申君说："楚王病重，不久当去世。关于太子的事，只有你与李园最清楚。据说他养有刺客想杀死你，他又在楚王身边，一旦楚王去世，李园一定杀你灭甲。因此，你应该早作准备，杀死李园。”春申君说：“李园是个仆人，又软弱，哪里能做这种事呢？”就拒绝了朱英的意见；:

不久，楚王去世，李园果然叫人埋伏在宫门，等春申君进宫时，一刀将他砍死。

后人用“当断不断”说明应该作出决断的时候，却犹豫不决，结果自食恶果。

倒绷孩儿

典出《东轩笔录》卷七：苗振以第四人及第，既而召试馆职。一日谒晏函相，晏语之曰：“君久从吏事，必疏笔砚，今将就试，宜稍温习也。”振率然对曰：“岂有三十年为老娘，而倒绷孩儿者乎？”晏公而哂之。既而试择宫选士……由是不中选。晏公闻而笑曰：“苗君竟倒绷孩儿矣。”

宋仁宗时，有一个读书人，名叫苗振，一次赴京考试，侥幸考到第四名，做了几年官。后来，朝廷召试官职，苗振赴考。在考试之前，他去晋谒当朝丞相晏殊。

晏殊对他说："你做官多年，笔砚一定生疏了，现在来京赴考，宜先把这些东西温习温习。"

苗振误解了晏殊的用心，以为晏殊看不起他，所以满不在乎地说："这有什么可怕的，难道一个做了三十多年接生工作的接生婆，会把初生的婴儿包扎倒了。"

考试那天，发下的试题是："泽宫选士赋"（按：泽宫，官名，古时皇帝习射之所，也就是选择才能之士的地方。）。苗振把"普天之下，莫非王土"的句子写为"普天之下莫非王"，结果当然落选了。

后来，晏殊拍拍苗振的肩膀说："老兄，想不到你真的会把初生的婴儿包扎倒了。"苗振羞得无言以答。

苗振的失败主要是由于他的骄傲自满，自以为是。后人用"倒绷孩儿"比喻富有经验的人疏忽大意，做错了事。

盗盗殴殴

典出《战国策·齐策》：庄里丈人，字长子曰盗，少子曰殴，盗出行，其父在后，追呼之曰："盗！盗！"吏闻因缚之。其父呼殴喻吏，遽而声不转，但言“殴！殴！”吏因殴之几殪。

有个乡下老人，给他的长子取名叫“盗”，次子取名叫“殴”。

一天，长子盗离家外出，老人随后赶来，边追边喊：“盗！盗！”

不料喊声被官吏听到，以为老人在追赶作案的强盗，便把长子逮住捆绑起来。

老人一见引起误会，想叫次子去官吏解释，但因心中着急，一下说不完全，只管呼唤次子的名字：“殴！殴！”

官吏以为老人让惩罚强盗，所以一阵乱打，几乎将他的长子打死。

后人用“盗盗殴殴”的这个典故抨击那些只听名不求实的糊涂官吏。听人说盗，就捉人，听人说殴，就打人。为什么不去问问实际情况，做点调查研究呢？同时也说明：名实不符，容易造成误会；道听途说，常常发生差错。

道士救虎

典出《郁离子》：苍筤之山，溪水合流入于江。有道士筑于其上以事佛，甚谨。一夕，山水大出，漂室庐，塞溪而下。人骑木乘屋，号呼求救者，声相连也。道士具大舟，躬蓑笠立水浒，督善水者绳以俟。人至，即投木索引之，所存活甚众。平旦，有兽身没波涛中，而浮

抱薪救火

其首，左右盼，若求救者。道士曰："是亦有生，必速救之！"舟者应言往，以木接上之，乃虎也。始则矇矇然，坐而舐其毛；比及岸，则瞠目道士，跃而攫之，仆地。舟人奔救，道士：得不死，而重伤焉。郁离子曰："是亦道士之过也。知其非人而救之，非道士之过乎？"

有一座长满了翠竹的山，条条溪水在山脚下汇聚起来，流进大江中去。

有个道士在山上筑起了房舍供奉神佛，十分恭敬虔诚。有一天晚上，山上的洪水汹涌奔来，把村里的茅房小屋都冲得漂浮起来，塞满了溪水，滚滚流下，灾民们骑着木头跨在屋脊上，高声号叫呼救，声音连成一片。道士备办了一只大船，亲自披上蓑衣、戴上斗笠，站在水边，指挥那些善于游水的人手拿绳索等待救人。碰到漂流下来的灾民，便立即抛掷木板和绳索，把他们拉上岸来。由此而得到活命的人非常之多。

天亮的时候，有一头野兽漂没在波涛之中，把它的头浮在水面上，左右顾盼着，好像也在向人求救的样子。

道士说："这也是一条生命呀，必须赶快把它救上来！"

划船的人立刻应声前往营救，用一块木板把它接上来，原来是一只老虎呀。开始时，老虎还有点朦朦胧胧的，坐着用舌头舔身上的毛。及至到了岸上，它就瞪起眼睛盯着道士，跃起身子举着利爪猛扑过去，道士仆倒在地。船夫们急忙奔前救护，道士才得不死，但受了重伤。

郁离子说：“这是道士的过错呀！明知老虎不是人却要去救它，这不是道士的过错吗？”

“知其非人而救之”，到头来，差一点连道士自己的牛命也赔士，这教训是惨痛的。人凡无是非的“人道主义”者，可以从中得到借鉴。

颠倒黑白

典出《史记·屈原列传·怀沙赋》：变白以为黑兮，倒上以为下，凤凰在筊（笼）兮，鸡鹜（鸭）翔舞。

屈原，名平，是战国时楚国人，曾在楚怀王手下任过左徒（官名，参与议论国事，发布号令，出则接待宾客）。由于屈原很有才能，楚怀王曾经非常信任他。但也因此引起了一些朝廷官员的妒忌，并对他进行了诬陷。楚怀王终因听信谗言而疏远了屈原。屈原对当地奸佞横行、正人被摈斥的情况非常愤慨，作了《离骚》和《怀沙赋》这两篇留传后世的名传。在《怀沙赋》中，他以盲目的人看不到明白的人所看到的东西为喻，感慨地写道：把白做为黑，把上看成下，凤凰被关在笼子里，而鸡鸭乱舞。屈原后来投江而死。

后人用“颠倒黑白”这个典故比喻故意歪曲事实，混淆是非。这句成语含贬意。

雕鸟哺雏

典出《雪涛谐史》：雕鸟哺雏，无从得食，搂得一猫，置之巢中，将吃以饲雏。猫乃立其雏，次第俱尽。雕不胜怒，猫曰：“你莫嗔我，我是你请将来的。”

大雕啄食喂小雕，到处找不到吃的东西。后来，它抓到一只猫，放在窝里，准备撕碎喂小雕吃。但猫看见小雕，便扑上去挨个儿全给吃光了。

大雕非常愤怒，猫却说：“你不要责怪我，我是你请来的呀！”

后人用“雕鸟哺雏”的这个典故告诫人们，应该全面的认识事物，遇到问题应及时解决，不要留下隐患。

雕鸟哺雏，反失小雕，是因为大雕犯了两个错误：第一，对事物缺乏全面的本质的认识。只知道自己以猫为食，不知道猫以小雕为食，本意是以猫饲雏，效果是引狼入室。第二，没有及时解决问题，把猫杀死，留下隐患，送了小雕性命。

东吴招亲

《三国演义》第五十四、五十五回。

典出公元 209 年（建安十四年）冬十月，东吴孙权派鲁肃来向刘备索取荆州，刘备不答应。不久，东吴都督周瑜听说刘备的甘夫人死了，便假说要把孙权的妹妹许配刘备，孙刘联姻，共同对付曹操。他要刘备到东吴招亲，打算乘机扣留刘备，要挟交还荆州。

孔明早已识破周瑜的诡计，并且想好了对策。他叫赵云保护刘备去东吴办喜事。到了东吴的南徐，赵云按照孔明的计策，命五百名军士披红挂彩，买办商品，把刘备要和孙权妹妹结亲的事，随口传扬，使城中百姓都知道。赵云又备了厚礼，保护刘备去见孙策和周瑜的丈人乔国老，说了来东吴招亲的事。乔国老随后赶来向孙权的母亲吴国太道喜。吴国太还蒙在鼓里，根本不知此事，便气呼呼地责问孙权，孙权只好实说。国太听说是周瑜用计，不住口地大骂周瑜。乔国老却说刘备是个英雄，不如将错就错，招他为婿，免得出丑。吴国太想了想，对孙权说："我不认得刘备，明天约他在甘露寺相见。看中了，把女儿嫁他；如不中意，任从你们行事。"孙权进退两难，只好应承。

第二天，赵云引五百名军士，保护刘备到了甘露寺。吴国太把刘备上上下下打量了一备，感到称心如意，笑着说："真是我的女婿啊！"立即吩咐摆上酒席，款待刘备。一会儿，赵云带着剑，急匆匆地进来，悄悄地对刘备说："刚才在廊下巡视，见房内有刀斧手埋伏，必无好意。"刘备当即禀告国太。国太大怒，责骂孙权，喝令将刀斧手撤掉，并叫刘备搬入府中暂住，择吉日成亲。婚后，夫妻感情很好。第二年元旦，刘备按照孔明预先设下的计谋，带着孙夫人逃出吴国。周瑜领兵追赶，又被孔明的伏兵打败。刘备的军士齐声大叫："周郎妙计安天下，赔了夫了又折兵！"

孙权采纳周瑜的"美人计"，让刘备来东吴招亲，本想乘机扣留他，夺还荆州，没想到由于吴国太作主，使假装招亲变成真事。过后，孙权差人告知周瑜，说："我母亲力主，已将吾妹嫁刘备，不想弄假成真……”

“东吴招亲”，比喻某件事本来是玩弄假花招的，结果却变成真事。

断章取义

典出《左传·襄公二十八年》：赋《诗》断章，余取所求焉。

春秋时，不少卿大夫为了在外交场合暗示自己对某事的态度，往往念上《诗经》中的某首诗的片断，借用其中一两句诗的字义，这种情况叫“断章取义”。

据《左传·襄公二十八年》记载：春秋时，齐国的大夫庆封喜欢打猎又嗜好喝酒，于是把政权交给庆舍，自己带着妻妾财物迁移到大臣卢蒲家里，交换妻妾而喝酒作乐。几天以后，官员们有事就到卢蒲家里来朝见庆封。后来，有一个逃亡在外名叫卢蒲癸的人回到了齐国，并做了庆舍的家臣，不但受到宠信，庆舍还把女儿嫁给了他。庆舍的另一个家臣对卢蒲癸说：“男女结婚要区别是否同姓，您却不避同宗，为什么？”卢蒲癸说：“同宗不避我，我怎么能独独避开同宗呢？就象赋诗的断章取义一样，我只要取得所需要的就是了，管什么同宗不同宗。”

“断章取义”形容引证文章或谈话，只取合乎己意的一句两句，不问原意，不顾全文。

罚人吃肉

自出机杼

典出《古今谭概》：李载仁，唐之后也。避乱江陵高季兴，署观察推官。性迂缓，不食猪肉。一日，将赴召，方上马，部曲相殴。载仁怒，命急于厨中取饼及猪肉，令相殴者对餐之。复戒曰：“如敢再犯，必于猪肉中加之以酥！”

唐朝有个叫李载仁的，是唐皇族的后裔。为了逃避战乱，跑到占据湖北一带的大军阀高季兴那里做了观察推官。李载仁生性迂腐，行为迟缓，从来不吃猪肉。有一天，他将去接受上司的召见，正待上马，随从的家仆对打起来了。载仁大怒，命令立即从厨房里拿来大饼和猪肉，罚那打架的面对面吃下去。还郑重其事地警告他们说："以后如果胆敢再打架，就要在猪肉里面加些酥油来重重地惩罚你们！"

这个故事告诉人们：不能据自己的好恶来判断天下的好恶。

播吾之迹

典出《韩非子·外储说左上》：赵主父令工施钩梯而缘播吾，刻棘人迹其上，广三尺，长五尺，而勒之曰："主父常游于此。"

一天，赵主父来到播吾地面，看到山势雄伟，风景秀丽，很想在这个胜地留名千古，于是，站在山下，命令工匠，使用带钩的梯子，攀上险峰，刻了一些人的足迹，并在一块长五尺，宽三尺的石头上，刻了"赵主父常游于此"七个大字。

后人用“播吾之迹”的这个典故讽刺那些不学无术，无所作为，却总喜欢干那些弄虚作假，沽名钓誉的勾当的人。

放虎归山

典出《史记·秦本纪》：文公夫人，秦女也，为秦三囚将请曰：“穆公之怨此三人人于骨髓，愿令此三人归，令我君得自快烹之。”晋君许之，归秦三将。三将至，穆公素服郊迎，向三人哭曰：“孤以不用百里奚、蹇叔言以辱三子，三子何罪乎？子其悉心雪耻，毋怠。”遂复三人官秩如故，愈益厚之。

晋襄公的后娘文嬴（就是怀嬴）听说秦国打了败仗，孟明视等全给擒获了，惟恐晋、秦两国的仇恨愈结愈深，就劝晋襄公说：“秦国和晋国是亲戚，向来彼此扶持。如今为了孟明视这群武人自己想揽权争势，竟使得两国伤了和气。我相信秦伯一定很埋怨他们。要是咱们把他们杀了，恐怕两国冤冤相报，永远不得安宁。干脆把他们放了，让秦伯自己去处治他们，他必定会感激咱们的。”

晋襄公说："已经擒住的老虎怎么能再放回山里去呢？"文嬴说："当年成得臣打了败仗，楚王是怎么处治他的？难道秦国居然没有军法吗？再说咱们的先君惠公，也曾经给秦国人逮住，秦伯却把他放回来了。你爹全仗恃着秦国才做了国君，难道咱们连这一点恩义都忘了吗？"晋襄公觉得她的话很有道理，就把秦国的三个俘虏释放了。

先轸听说国君把秦国的将军释放了，三步并作两步地跑去见晋襄公，怒不可遏地问他："秦国的将军现在哪里？"晋襄公腼腆地说："娘叫我把他们放了。"先轸一听，气得火冒三丈，往晋襄公脸上啐了一口唾沫，说："呸！你这做事不牢靠的孩子，将士们费了多少心计，兵卒们流了多少血汗，才活捉了这三个人，你就凭妇道人家一句话，把他们统统放了。唉，以后祸患可多了！"晋襄公拭去脸上的唾沫，羞涩地说："都是我不好！这可怎么办呢？不知道还能不能追上去？"大将阳处父自告奋勇地说："我去追！"先轸转身对他说："你要是能追上他们，好言好语请他们回来，就是一等大功！"阳处父手提大刀，跳上车，快马加鞭，飞驰而去。

孟明视、西乞术、白乙丙生怕晋襄公反悔，派人追捕他们，就不顾一切地奔跑，直跑到黄河边了，才敢回头张望，却一眼瞧见远处有滚滚风尘，想是有人追来了。他们吓得几乎瘫下来。正在这紧要关头，他们突然发现有一只船停靠在岸边，三个人顾不得一切，就跳了上去船舱里走出来一个渔人；他们定睛一瞧，不禁张口结舌，相继倒在船上。那个渔人不是别人，正是他们的好朋友公孙枝！原来蹇叔含悲送走他的儿子以后，就借口身患重病，告老还乡了。百里奚对他说：“我也打算回乡，可是我仍然抱着一丝希望，也许能再见儿子一面：您有什么吩咐没有？”蹇叔说：“咱们这次打仗必败无疑。您还是私下请公孙枝在河东预备船只。万一他们能够逃命，多少总有个接应：”百里奚就去见公孙枝，请他预作准备：公孙枝已经在河东等了许多天，终于见到他们三人逃奔上船，立刻叫人开船。小船刚离河岸，阳处父就赶到了，他慌忙地说：“喂！秦国将军慢点走！我们主公一时忘了给你们预备车马，特地叫我追上来，送给将军几匹马。请你们收下吧！”孟明视支撑着站起来，向阳处父遥遥行个礼，大声说：“蒙晋侯不杀之恩，我们已经感激不尽。怎么还敢收受礼物呢？如果我们回去还能保住性命的话，那么再过三年，我们一定亲自到贵国来道谢。”阳处父还想再说什么，却瞧见那只小船渐行渐远。他若有所思，呆呆地出了一会儿神，沮丧地登上车，提着大刀回去了。

晋襄公听完阳处父的报告，忐忑不安。他怕孟明视前来“道谢”，三番两次派人到秦国去探听。他希望秦穆公治死孟明视他们，就好比楚成王治死成得臣一样。然而，秦穆公却另有盘算。他一得知三位将军狼狈而回，就穿着孝衣亲自到城外去迎接他们。孟明视他们三个人跪在地上，垂头丧气，请他治罪。秦穆公流着眼泪把他们扶起来，反而向他们赔罪，说："是我不听蹇叔和百里奚的劝告，才害你们吃苦受罪。我怎么能怪你们呢？只要你们别忘了阵亡的将士们就是了。"三个人明知罪孽深重，他们情愿领罪受罚，万没想到秦穆公不但好言安慰他们，还叫他们依旧执掌兵权，比以前更加礼遇他们，他们感激得眼泪夺眶而出。百里奚总算如愿和儿子见了面，他嘱咐孟明视不要辜负了国君的大恩，自己也像蹇叔那样告老还乡了。

秦、晋崤之战后，晋襄公在母亲的劝说下放走了秦国的三员大将，这个故事用"放虎归山"来比喻放走敌手，贻患无穷。

飞蛾扑火

这句成语在古书中比较多见，形式大同小异。较早见于《梁书·到溉传》：研（同砚）磨墨以誊文，笔飞毫以书信。如飞蛾之赴火，岂焚身之可吝。

南朝（梁）时，有一位左民尚书叫到溉，梁武帝萧衍很器重他。到溉有个孙子叫到荩尽，自幼聪明，善于诗文，深为梁武帝赞赏。

有一次，梁武帝和到溉开玩笑说："你的孙子是个才子，你的文章是不是你孙子代你写的。"并且写了一首《连珠》（古时一种诗体）赐给到溉，共六句，以上是前四句，意思是：砚台磨出墨汁来行文；毛笔飞动毫锋来写信，正如飞蛾投火一样（指砚台、毛笔），自己焚身也丝毫没有什么可吝惜的。

后人用"飞蛾扑火"这个典故比喻自取灭亡。（"飞蛾"也作"灯蛾"；"赴火"也作"扑火"或"投火"）

后人用这个典故比喻力量虚弱的反动派和强大的革命力量硬碰，必遭可耻失败。

焚鼠毁庐

典出《龙门子凝道记》：越西有独居男子，结生茨以为庐，力耕以为食；久之，菽粟盐酪，具无仰于人。尝患鼠，昼则索然行，夜则鸣啮至旦。男子积憾之。一旦，被酒归，始就枕，鼠百故恼之，目不得瞑。男子怒，持火四焚之，鼠死庐亦毁。次日酒解，伥伥无所归。龙门子唁之。男子曰：“人不可积憾哉！子初怒鼠甚，见鼠不见庐也，不自知祸至于此。人不可积憾哉！”

雀儿参政

在越西地方有个单身汉，他结扎芦苇茅草为屋盖，筑起简陋的房子，自己努力耕作，打下粮食过日子。久而久之，所有大豆粮食、盐醋调料，就都不再仰仗别人了。

他发愁老鼠成灾。那些老鼠大白天成串结队地在屋里乱窜，夜里唧唧吱吱地乱咬东西，一直闹到大天亮。

这个单身汉聚积了满腔怒火。

一天，他喝醉了酒回家，刚躺到枕头上睡觉，老鼠就要出各种花样使他烦恼异常，眼睛不能合拢一会儿。这男人大怒，便拿起火把到四处烧杀它们，老鼠果然烧死了，他的茅庐也被焚毁了。第二天酒醒过来，四顾茫茫不知所措，找不到一个安身的地方了。

龙门子便去对他的遭遇表示慰问。

那人说："人不可积愤呀！我开始只是忿恨老鼠，但光看见老鼠而忘掉自己的房屋了，不想竟遭到了这样一场灾祸。唉，人是不可积愤的呀！"

后人用这则寓言说明灭鼠焚庐，确是得不偿失的愚蠢表现。

然而这个越西单身汉，却有令人同情的方面。他结茅为庐、力耕自食，竟能"菽粟盐酪""无仰于人"；比起那些"白昼抢劫"或"百计阴夺"的剥削者，颇值得尊敬。只可惜他由于"患鼠"而"积憾"，"积憾"则使自己的思想方法陷入片面性和盲目性，以至火烧老鼠，殃及茅庐，"伥伥无所归"。

寓言的作者把"鼠死庐亦毁"的遭遇，归结为"积憾"，看来似乎有一定道理，然而却并没有说到根本。"积憾"与否，并不是防范人生不幸的关键。"积憾"可以使人的思想方法陷入片面性，有时也可以使人们产生革命性，是不可笼而统之反对的。譬如在封建社会中，农民遭受地主官僚的残酷压榨，“积憾”使他们揭竿而起，形成震撼反动统治基础的暴风骤雨，发挥了历史主人公的革命作用，这就是应该大大提倡的。

妇人之仁

典出《史记·淮阴侯列传》：项王见人恭敬慈爱，言语呕呕。人有疾病，涕泣分食饮，至使人有功当封爵者，印敝，忍不能予，此所谓妇人之仁也。

楚汉相争时，有一次刘邦与韩信坐着摆谈，他问韩信说：“丞相萧何多次向我推荐，所以拜你为大将。现在，你有什么好计谋告诉我吗？”韩信赶紧起身拜谢刘邦，然后问道：“大王，今天你率领军队往东面进攻，争夺天下王权，竞争的对手是项王吗？”刘邦笑道：“这还用问吗？”韩信紧接着说：“大王自己认为，在勇敢、骠悍、仁慈、强盛等方面，哪一样可与项王相比呢？”刘邦沉默了好一会儿，才难为情地说：“都不如项羽。”

韩信退后两步，第二次向刘邦拜谢，然后向他祝贺说："的确，我也认为大王不如项王。然而，我曾在项王手下做过事，不妨说说他的为人。论勇猛，项王的确是一个了不起的人物，他大喝一声，千百人倒下；但是，他不会任人唯贤，所以他的勇猛无非是匹夫之勇。论仁慈，项王也的确对人和善慈爱，说话时呜呜咽咽，手下人得了病，他会伤心得流泪，把自己的食物分出来吃；但是，遇到有人立了功，行赏时应该封爵位，他会把大印摩来摩去，直到摩烂也不肯给别人。这样的仁慈，不就是妇道人家的仁慈吗（"此所谓妇人之仁也"）？这对争夺天下有什么好处呢？"

刘邦听了，非常高兴，后悔与韩信相见太晚。

后人用"妇人之仁"形容处理事情优柔寡断，不识大体。

割肉相啖

典出《吕氏春秋》：齐之好勇者，其一人居东郭，其一人居西郭，卒然相遇于途，曰："姑相饮乎？"觞数行，曰："姑求肉乎？"一人曰："子，肉也；我，肉也。尚胡革求肉而为?”于是具染而已，因抽刀而相啖，至死而止。

勇若此，不若无勇。

齐国有两个自诩为“勇敢”的人，一个住在城东，一个住在城西。有一天，两人在路上相遇，说：“我们姑且去喝杯酒吧！”喝了几杯之后，一个说：“买点肉来吃，好吗?”另一个说：“你身上有肉，我身上也有肉，还要另外买肉干什么呢?”于是，两个人准备好了调口味的豆豉酱，就拔出腰刀来，你割我的肉吃我割你的肉吃，直到死了才罢休。

悍勇到如此地步，倒不如没有勇气的好。

后人用“割肉相啖”说明有勇无谋，只能白白牺牲。

猛狗酒酸

典出《晏子春秋·内篇问上》：宋人有沽酒者，为器甚洁清，置表甚长，而酒酸不售。问之里人其故。里人曰：“公之狗猛。人挈器而人，且沽公酒，狗迎而噬之，此酒所以酸而不售也。”

宋国有个卖酒的人，酒器收拾得非常清洁，设立的招牌也很高大醒目，可是酒放到发酸还卖不掉。他向同行人请教是什么缘故。同行人说："您的狗太凶猛。人们提着酒瓶子进去，将要买您的酒，狗却迎上来咬他，这也就是酒直到发酸还卖不掉的原因。"

后人用"猛狗"比喻坏人当道，好事也会搞坏。

狗乃取鼠

典出《吕氏春秋·士容》：齐有善相狗者，其邻假以买取鼠之狗，期年乃得之，曰："是良狗也。"

其邻畜之数年，而不取鼠。以告相者，相者曰："此良狗也。其志在獐麋豕鹿，不在鼠。欲其取鼠也则桎之。"

其邻桎其后足，狗乃取鼠。

齐国有个人，很会挑选狗。他的邻居委托他买一条会捉老鼠的狗，花了整整一年光景，他才买来一条狗，说："这是一条很好的狗。"

他邻居养了这条狗好几年，它却从来不去捉老鼠。

邻居便把这情况告诉相狗的，相狗的说道："这是一条很好的狗。它想捉的是那獐、麋、野猪和鹿，而不是老鼠。你一定要叫它捉老鼠，就必须把它的脚束缚起来。"

于是，他的邻居当真把这条狗的后腿束缚起来，狗这才开始捉老鼠。

这个故事说明了：空有满腹才华，如果没有施展的场所，也只能白白浪费。

固执己见

典出江盈科《雪涛小说》：楚人有生而不识姜者曰："此从树上结成。"或曰："从土里结成。"其人固执己见，曰："请与子以十人为质，以所乘驴为赌。"已而遍问十人，皆曰："土里出也。"其人哑然失色，曰："驴则付汝，姜还树生！"

楚国有个生来不认识生姜的人说："生姜是在树上结成的。"有人对他说："是在土里结成的。"那个人固执己见，说："请跟你打赌，以十个人为询问对象，拿我们骑的驴作赌注。"接着问遍了十个人，都说："生姜是土里出的。”那个人无话可说，变了脸色，说：“驴就给你，可是生姜还是树上生的！”

这篇寓言讽刺不懂装懂、顽固坚持错误的人。

桂饵金钩

典出《阙子》：鲁人有好钓者，以桂为饵，锻黄金之钩，错以银碧，垂翡翠之纶。

其持竿处位则是，然其得鱼不几矣。

鲁国有一个爱好钓鱼的人，用桂花制成的食品当鱼饵，锻制成黄金的鱼钩，镶饰上银丝和碧玉，把翡翠鸟的羽毛编织成钓丝。

他拿钓竿的姿势和寻找的位置都很贴切适当，但是，钓上的鱼却没有几条。

寓言讽刺了游手好闲的剥削阶级常常爱炫耀自己的富有，连一根钓鱼竿也要装饰上金银翡翠；但他忘记了鱼只喜欢适合它口味的鱼饵，哪怕是粗粝、虫躯，而桂花食品味道再香，鱼却弃之不顾，不上他的钩。哀哉！脱离实际，讲求形式，舍本逐末者可以从这则寓言里吸取某些有益的教训。

汉阴丈人

典出《庄子·天地》：子贡南游于楚，反于晋，过汉阴，见一丈人方将为圃畦。凿隧而入井，抱瓮而出灌，搰搰然用力甚多而见功寡。

子贡曰："有械于此，一日浸百畦，用力甚寡而见功多，夫子不欲乎？"为圃者仰而视之曰：'奈何？'

曰："凿木为机，后重前轻，挈水若抽，数汤，其名为槔。"

为圃者忿然作色而笑曰："吾闻之吾师，有机械者必有机事，有机事者必有机心。机心存于胸中，则纯白不备；纯白不备，则神生不定；神生不定者，道之所不载也。吾非不知，羞而不为也。"

子贡往南方的楚国去游历，回晋国途中，经过汉水南岸，遇见一位老人正要去务菜园子。只见他从挖开的一个隧道下到井里，双手抱一只大瓮汲水出来灌园，万分吃力而功效甚微。

子贡说："我有一种机械，一天可灌一百亩地，用力少而见效很大，老人家您不用它吗？"务园子的老汉抬头望了望他说："什么样的机械？"

子贡说："在木头中凿一个机关，后半重前半轻，用它提水就象抽引一样，接连不断，水流泛溢奔流，名叫桔槔。"

务园子的老汉勃然大怒，一下变了脸色，讥笑说："我从我的老师那里听到说，有机械的人一定有投机取巧之事，有机巧之事的，一定有机变巧诈之心。胸中存留着机心，人的纯粹洁白的天性就受到破坏；纯粹洁白的天性不完备，就会心神不定；心神不定的人，是不可能得到道的。我并非不知道桔槔这种机械，我是耻于做这种事情！"

后人用"汉阴丈人"比喻顽固分子反对新事物，往往会拿出一套歪道理为自己的守旧行为辩护。

好大喜功

典出罗泌《路史·前纪》卷四《蜀山氏》：昔者汉之

武帝，好大而喜功。

映月读书

西汉武帝刘彻（公元前140—前87年在位）是封建帝王中比较有作为的一个。统治期间，他接受董仲舒的建议，“独尊儒术”，作为巩固政权的工具；并采用法术、刑名，以加强统治。他颁行“推恩令”，使诸侯王多分封子弟为侯，以削弱割据势力；设置十三部刺史，以加强对地方的控制。他征收商人资产税，打击富商大贾；又采纳桑弘羊的建议，把冶铁、煮盐、铸钱收归官营；设置平准官、均输官，由官府经营运输和贸易。同时，他兴修水利，移民西北屯田，实行“代田法”，有利于农业生产的发展。他曾派张骞两次到西域各国，加强对西域的统治，并发展了经济文化交流。又派唐蒙至夜郎，在西南先后建立了七个郡。他还任用卫青、霍去病为将，攻击匈奴贵族，解除匈奴威胁，保障了北方经济文化的发展。

刘彻十六岁当皇帝，在位共五十三年，做过一些前人未做过的事情，所以罗泌说他“好大喜功”——一心想做大事，立大功。但是，由于他崇尚武力，加之举行封禅，祀神求仙，挥霍无度，使徭役繁重，农民大量破产流亡。天汉二年（公元前99年），齐、楚、燕、赵和南阳等地均曾爆发农民起义。

后人用“好大喜功”以形容铺张浮夸的作风。

何足挂齿

典出《史记·刘敬叔孙通列传》：叔孙通前曰：“诸生言皆非也。夫天下合为一家，毁郡县城，铄其乐，示天下不复用。且明主在其上，法令具于下，使人人奉职，四方辐辏，安敢有反者！此特群盗鼠窃狗盗耳，何足置之齿牙间。郡守尉今捕论，何足忧。”

秦朝末年，陈胜、吴广率众造反，攻城略地，动摇了秦王朝的统治。秦二世（胡亥）慌忙召集一群儒生、博士，商议对策。三十多个儒生异口同声地说：“这些家伙反叛朝廷，罪该万死，陛下应该发兵讨伐！”不知道出于什么原因，秦二世听了这番话之后，竟然大怒起来。

有一个十分聪明的待诏博士，叫叔孙通。他猜透了秦二世的心思。于是，他大谈天下的大好形势。

叔孙通对秦二世谈道："这些儒生的话都没有道理。如今，天下统一，中央大权在握；郡守县令由朝廷任命，随时可以调动；销毁了天下的兵器，说明天下太平，用不着动用这些武器了。况且，朝廷上有贤明的君主，制定并向天下发布了种种法令，使天下人人各守其职，四方安定团结，百姓聚集在秦王朝周围，就像车辐集中于车毂一样，哪有敢于造反的人！陈胜之流，只不过是一群打家劫舍的强盗，干些鼠窃狗盗的事，根本不值得我们动用舌头、齿牙谈论它。当地郡守、郡尉正在捕捉这伙强盗，陛下不足为忧。"秦二世听了这番话，非常高兴。他送给叔孙通 20 匹帛，1 套衣服，又正式封他为博士。儒生们对叔孙通的言行很不理解，纷纷谴责他。叔通向他们解释说："如果我不那样说，是难逃胡亥虎口的！"于是，他从秦朝廷逃走了，先是投奔项梁，后来投靠了刘邦。

"何足挂齿"就是从故事原文中"何足置之齿牙间"一语变化而来的。挂齿：放在口头上加以谈论。"何足挂齿"，意思是事情很不重要，不值一谈。

鹤亦败道

典出《冷斋夜话》：渊材迂阔好怪，尝畜两鹤。客至，指以夸曰："此仙禽也。凡禽卵生，而此胎生。"语未卒，园丁报曰："此鹤夜产一卵，大如梨！"渊材面发赤，诃曰："敢谤鹤也！"卒去，鹤辄两层其胫，伏地。渊材讶之，以杖惊使起，忽诞一卵。渊材嗟咨曰："鹤亦败道！"

刘渊材性情迂阔又喜好怪诞，曾在家中畜养着两只鹤。每逢客人到来，他便指着鹤夸耀道："这是只仙鸟呀！凡禽鸟都是卵生，而这只仙鸟却是胎生的。"

话还没落音，园丁跑来报告说："这只鹤夜里下了一个蛋，和梨子一般大！"

刘渊材的脸色羞得通红，大声喝斥园丁说："你竟敢诽谤仙鹤呀！"

最后，一同去观看，鹤就展开它的双腿，趴在地上。刘渊材很惊讶，用拐杖去吓它，想叫他站起来，这时鹤忽然又生下一只蛋。

刘渊材长叹一声，说道：“唉，仙鹤也败坏仙道呀！”

后人用这则寓言说明鹤属禽类，卵生，这是客观事实，是不以人的意志为转移的。渊材也承认“凡禽卵生”，但却硬说他的鹤是“胎生”。故弄玄虚，自夸诞妄，与众不同，以为仙道。结果，当众出丑，无情的客观事实粉碎了他的无稽之谈。

猴子搏矢

典出《庄子·徐无鬼》：吴王浮于江，登乎狙之山。众狙见之，恂然弃而走，逃于深蓁。有一狙焉，委蛇攫搔，见巧乎王。王射之，敏给搏捷矢。王命相者趋射，狙执死。

王顾谓其友颜不疑曰：“之狙也，伐其巧，恃其便，以敖子，以至此殛也。戒之哉！嗟乎！无以汝色骄人哉！”

吴王坐着船在长江里游玩，登上一座猴山。很多猴子看见了，都十分害怕地跑掉，逃到深深的荆棘丛里去。唯独有一只猴子，从容不迫地跳来跳去，在吴王面前表现它的灵巧。吴王拿起弓箭射它，它敏捷地接住了箭。吴王命令助手们一齐追射，那只猴就被围住射死了。

吴王回头对他的朋友颜不疑说："这只猴子啊，夸耀它的灵巧，仗恃它的敏捷，来对我表示骄傲，以至于这样死去了。应该警惕啊！唉！不要拿你的神气对人骄傲啊！"

这篇寓言说明喜欢卖弄聪明，表现自己，爱要骄傲的人，有时是要栽大跟头的。

猴子救月

典出《法苑珠林·愚戆篇·杂痴部》：过去世时，有城名波罗柰，国名伽尸。于空闲处有五百猕猴，游行林中。到一尼俱律树下，树下有井。井中有月影现时，猕猴主见是月影，语诸伴言："月今日死落井中，当共出之，莫令世间长夜暗冥。"共作计议言云："何能出？"猕猴主言："我知出法：我捉树枝，汝捉我尾，展转相连，乃可出之。"时诸猕猴即如主言，展转相捉。小未至水，连猕猴重，树弱枝折，一切猕猴堕井水中。尔时树神便说偈言：

是等呆榛兽，痴众共相随，

坐自生苦恼，何能救出月？

在过去的世界，有一个伽尸国，国内有座波罗奈城。在人迹稀少的树林中，有五百只猕猴。有一天，猕猴们到了一棵尼俱律树下，看到树下有口井。月影在井中一晃一晃，猕猴头儿见了，对那些同伴说："月亮今天掉到了井中，我们应当共同努力把它捞出来，免得叫世界上每个夜晚都黑沉沉的。"猕猴们共同商量说："怎么才能救出月亮呢？"猕猴头儿说："我知道救出月亮的方法：我捉住树枝，你们捉住我的尾巴，一个连一个，就可以捞出月亮了。"当时，那群猕猴便照头儿的话干起来，一个捉住一个，挂成一长串。差一点接近水面时，连在一起的猕猴太重，树枝弱小，"咔嚓"一下便折断了，所有的猕猴都掉到了井水中。这时，树神便说偈道：

"这一群蠢笨的野兽，

痴痴呆呆互相追随；

空空地自找烦恼，

怎能把月亮救出水？"

这个故事用来比喻有人庸人自扰，而且招祸。

画饼充饥

合本做酒

典出《三国志·魏书·卢毓传》：前此诸葛诞、邓飏等驰名誉，有四聪八达之诮，帝疾之。时举中书郎，诏曰："得其人与否，在卢生耳。选举莫取有名，名如画地作饼，不可啖也。"

卢毓字子家，三国时期魏国涿郡人。他为人正直，能够秉公推荐人才。魏文帝（曹丕）登基后，卢毓被任做黄门侍郎，不久又出任济阴相，梁、谯二郡太守。他体察民情，同情百姓疾苦，坚持为民办好事，深受百姓的拥护。因政绩突出，又被任为安平、广平太守。

公元234年（魏明帝青龙二年），卢毓被召入朝廷任侍中。他在职3年，在任用官吏方面多次向魏明帝（曹叡）进谏，直抒己见，敢于力争。开始，魏明帝有些不高兴；后来的实践证明，卢毓出以公心，推荐的人才是可靠的。所以，魏明帝很信任卢毓，任他为吏部尚书。

此前，诸葛诞、邓飏等人沽名钓誉，被人讥笑为广开四方视听的八个通达之士，明帝对他们很不感兴趣。当时，为了选拔中书郎，明帝下诏说："能不能选中人才，全在于卢毓了。选拔人才不要看其是否有名气，名气这个东西，如同画在地上的饼，是不能吃的。"卢毓对明帝说："诚然，根据名气不一定选得到具有非凡才能的人，但可以选到通常认为较有才能的人。这些人平常仰慕善行，并身体力行，才出了名。您不应当厌恶他们。问题是，如今朝廷废除了考绩之法，仅凭好恶任用官吏，造成了真伪不辨，鱼龙混杂的现象。所以，我建议通过考核选择官吏。"明帝采纳了他的建议，立即诏令制定考课法。

"画饼充饥"就是从这个故事来的。它的原意是虚名就像在地上画出的饼，不能吃，没有实际用处。人们用它比喻作不切实际的空想，聊以自慰。

画里真真

典出《松窗杂记》。

传说在唐朝的时候，有一位画匠，手艺非常高明。他画了一幅帛画，画中是一个年轻俊秀的女子，她的皮肤白里透红，她的眼睛像一汪水似的，她穿的衣裙佩带，飘然欲动，就像下凡的仙女一样。谁见了这幅画都说像真人一样，比活人还美。

有一天，一位叫赵颜的进士，看见了这幅画，他深深地被画中的女子打动了，看了半天再也不愿离去，还自言自语地叹息说：

“她长得真美呀！可惜世界上没有这样的美人。如果这幅画里的女子能够变成活人，我一定娶她做妻子！”

赵颜的这些话，正巧让画匠听见了。那位画匠就对他说：

“我的这幅画是神画，画中的女子名叫真真。如果你呼唤她的名字，每天昼夜不停，连续一百天，他就会答应你。那时你再用百家酒请她喝，她一定能变为活人。”

赵颜听信了画匠的话，每日每夜呼唤真真的名字，到了一百天那天，赵颜对着画叫了一声：“真真！”那画中的人果然答应了一声“哎！”赵颜慌忙地斟上一杯百家酒，请真真喝了。倾刻之间，真真便轻轻地从画中走出来，与赵颜说话、谈笑，与活人一模一样。

不久，赵颜就同真真结为夫妻，后来还生下一个儿子。赵颜如愿以偿，心中十分快活，夫妻俩生活得很幸福。

三年以后，这事情让赵颜的朋友知道了。那位朋友好心地劝告赵颜说：

“你的夫人一定是女妖精，早晚要害死你的，你赶快想法除掉她吧！”说完，借给赵颜一把宝剑，让他晚上趁睡觉的时候，杀死真真。

赵颜一时没了主意，他只好将宝剑带回家中。他刚刚迈进家门，真真就对他说：

“我本来是南岳山上的仙子，可是你们偏要画我的身形，你又偏要呼唤我的名字，结果把我呼唤出来了。今天既然你已经怀疑我了，我再不能与你住在一块儿了。”说完，真真便领着儿子轻轻地走进画中。

赵颜被这突如其来的变化惊呆了，他连连呼叫“真真，真真！”可是真真一句话也不再说，张开口吐出了肚中的百家酒。

从此，那张画中又增加了一个孩子。

后来人们就用“画里真真”比喻不切实际的空虚，或根本实现不了的幻想。

毁钟掩耳

典出《吕氏春秋·不苟论·自知》：范氏之亡也，而姓有得钟者。欲负而走，则钟大不可负。以椎毁之，钟然有音。恐人闻之而夺己也，遽掩其耳。

范氏灭亡的时候，老百姓中有一个人偷得了一口钟。他想背起逃跑，可是钟太大背不动。他就用铁椎把钟砸破，铁椎刚落，钟发出了巨大的响声。他唯恐别人听见之后从自己手里把钟夺走，就赶紧用手把自己的耳朵紧紧捂住。

后人用“毁钟掩耳”嘲讽那些以为自己不知道的别人也一定不知道的蠢人。

讳不识字

典出《笑林》：有走柬借牛于富翁者，富翁方对客，讳不识字，伪启缄视之，对曰："知道了，少停我自来也。"

有个人写了一封信派人去向一个富翁借牛。富翁正在会客。他忌讳自己不识字，就打开封口，装模作样看了一番，然后对送信的人说："知道了，稍停一会我就去。"

后人用"讳不识字"这个典故告诫人们，不要不懂装懂，死要面子。

假阶救火

典出《燕书》：赵成阳堪，其宫火，欲灭之，无阶可

假阶救火

升。使其子朒假于奔水氏。朒盛冠服，委蛇而往。既见奔水氏，三揖而后升堂，默坐西楹间。奔水氏命傧者设筵，荐脯醢觞朒。朒起执爵啐酒，且酢主人。觞已，奔水氏曰：“夫子辱临敝庐，必有命我者，敢问？”朒方白曰：“天降祸于我家，郁攸是崇，虐焰方炽，欲缘高沃之，肘弗加翼，徒望宫而号。闻子有阶可登，盍乞我？”奔水氏顿足曰：“子何其迂也！子何其迂也！饭山逢彪，必吐哺而逃；濯溪见鳄，必弃覆而走。宫火已焰，乃子揖让时耶？”急舁阶从之，至则宫已烬矣。

赵国人成阳堪家的房子着了火，想要扑灭，却没有梯子上房。他连忙打发儿子成阳朒到奔水家去借。

成阳朒换了一身整齐的衣冠，斯文地迈着方步走了。

见到奔水先生以后，他彬彬有礼地连作了三个揖，然后跟着主人缓步登堂，在西面柱子之间的席位上坐下，一声不响。

奔水先生让家人设宴招待。席间，主人献上肉食，向成阳肭敬酒。成阳肭起立，举着酒杯，慢慢喝下，并回敬主人。酒后，奔水先生问道："您光临寒舍，请问有什么吩咐呢"？成阳肭这时才开口说明来意："上天给我家降下大祸，发生了火灾，烈焰正在熊熊燃烧。想上房浇水灭火，怎奈两肘之下没生双翼，一家人只能望着火的房子哭喊。听说您家里有梯子，何不借我用用呢？"奔水先生听了，急得跺着脚说："您怎么这样迂腐呢！您怎么这样迂腐呢！要知道，在山上吃饭遇到虎，必须赶紧吐掉食物逃命；在河里洗脚看见鳄鱼，应该马上抛弃鞋子跑掉。房子已经着了火，是您在这里作揖礼让的时候吗？"

奔水先生急忙命人抬上梯子，跟他回去。等他们赶到的时候，房子早已化为灰烬了。

后人用"假阶救火"这个典故告诉人们，办事情、做工作，都要讲实际，求实效，反对那种拘泥守旧、虚伪繁琐的庸俗作风。

蒋干盗书

典出《三国演义》第四十五回。

蒋干，字子翼，曹操幕下谋士。他装模作样，大言不惭，其实是一个猥琐无能，百事不成的人。在舞台上，蒋干成为一个令人发笑、倒霉透顶的丑角。

曹操带领八十余万大军，沿江东下，原想一举平定江东，不料初次交锋，便被周瑜杀败，心里不免忧闷。蒋干献策说："我和周瑜同学，一向很有交情，凭我三寸不烂之舌，包管说动周瑜前来投降。"曹操听了大喜，就派他前去东吴当说客。

周瑜听说蒋干过江求见，心里暗笑："曹操的说客到了，我乐得将计就计。"他低声吩咐众将一番，然后把蒋干迎入帐中，设宴款待，传令文武官员都来相见，称"群英会"。周瑜对众将说："子翼是我的同窗好友，今日宴会，只叙友情，不谈军事。"说着，他将佩剑交给太史慈监酒，"要是谁谈论军事，就斩谁！"蒋干暗暗吃惊，不敢多说。这席酒，一直饮到深夜。周瑜大醉，拉着蒋干一起回到帐内，和衣倒在榻上，很快就睡得鼻息如雷。蒋干心上有事，哪里睡得着！三更时分，他悄悄起床，翻看桌上的公文，发现一封曹营水军都督蔡瑁、张允暗中勾结东吴的密信。蒋干偷此密信，趁着天未大亮，溜出帐外，急急上船回到曹营。

蒋干把盗来的密信递给曹操。曹操一看，勃然大怒，立刻下令将蔡瑁、张允二人推出斩了。众将得悉，慌忙进帐请问缘故。这时候，曹操猛然省悟过来，心里暗叫："唉呀！我中了周瑜的反间计！"可是，他嘴里却不肯认错，只得推托说蔡、张二人怠慢军法，所以被斩。

"蒋干盗书"，比喻中了人家的计谋，受别人的欺骗，自己吃了大亏。

驳象虎疑

典出《管子·小问》：桓公乘马，虎望见之而伏。桓公问管仲曰："今者寡人乘马，虎望见寡人而不敢行，其故何也？"管仲对曰："意者君乘驳马而盘桓，迎日而驰乎？"公曰："然。"

管仲对曰："此驳象也，驳食虎豹，故虎疑焉。"

齐桓公骑马出游，有一只老虎远远望见就趴在地上。事后，桓公问管仲说："今天我骑马出游，老虎望见我吓得不敢动，是什么缘故呢?"

管仲回答说："料想君王必是骑驳马闲游，迎着太阳奔跑吧。"

桓公说："是这样。"

管仲说："这是因为驳马很像驳，驳能吃老虎豹子，所以老虎疑惧了。"

后人用"驳象虎疑"比喻在人们的社会生活中，类似这种为假象所惑而发生错觉的事情也是常有的。

进寸退尺

典出《老子》第六十九章：用兵有言："吾不敢为主而为客，不敢进寸而退尺。"

《老子》第六十九章，是老子的一篇军事论文。老子说：古代用兵的人有这样的话：我不敢做主动发动战争的"主"，而要做被迫进行战争的"客"。我不敢进入别国领土一寸之近，可以退回本国领土一尺之远。

后人用“进寸退尺”这个典故比喻老子对待战争的一种态度。现在已改变了原意，比喻得不偿失。

荆人畏鬼

典出《郁离子》：荆人有畏鬼者，闻槁叶之落与蛇鼠之行，莫不以为鬼也。盗知之，于是宵窥其垣，作鬼音。惴弗敢睨也。若是者四五，然后入其室，空其藏焉。

楚地有个人，非常怕鬼，听到风吹叶落和蛇鼠爬行的声音，都以为是在闹鬼。一个小偷知道他如此疑神疑鬼，就在夜晚爬在他家墙上，探头探脑，装鬼怪叫。他吓得半死，连斜眼看一下都不敢。小偷这样作怪了四五次，然后进入他的屋里，把所有的财物洗劫一空，席卷而去。

后人用“荆人畏鬼”这个典故告诫人们，没有科学态度，陷入盲目性，就不可避免地要被坏人利用。

举措失当

这句成语是由“举错（同措）必当”演变而来的，见于《史记·秦始皇本纪》：举错必当，莫不如画。

秦始皇二十六年（公元前 221 年）秦消灭了六国，统一了中国。接着把全国划为三十六个郡，并且统一了度量衡。二十七年，为了宣扬威德，秦始皇开始巡游天下。二十八年，秦始皇到泰山去进行封禅典礼，随后又南登琅邪，在琅邪逗留了三个多月，修筑了琅邪台，并

举鼎绝膑

且立了石碑，刻上碑文歌颂秦始皇的功绩和秦的德政。其中写到：秦始皇关心老百姓，勤于朝政，制定了符合大众要求的法律，地方官吏也能分工合作，对事务的安排、措施，无不整齐划一，一切按规定、按制度办事。

后人由“举错必当”演变出“举措失当”这句成语，比喻措施不得当。

举鼎绝膑

典出《史记·秦本纪》：武王有力好戏，力士任鄙、乌获、孟说皆至大官。王与孟说举鼎，绝膑。

在奴隶社会和封建社会中，君王的意志就是一切。君王喜好什么，官吏和老百姓就要喜好什么，故有“楚王好细腰，百姓多饿死；吴王好剑客，国人多疮疤”的民谣。而有些迎合君王喜好的人，往往能当大官。

战国时的秦武王力气很大，而且喜欢角斗。当时的大力士任鄙、乌获、孟说等人都做上了大官。有一次，武王与孟说举鼎（古代的一种炊器。多用青铜制成。圆形，三足两耳，也有长方四足的，分量很大），由于用力过猛，武王把胫骨折断，不久便死去了。

后人用“举鼎绝膑”比喻力不胜任。

拒谏饰非

典出《荀子·成相》：拒谏饰非，愚而亡同国必祸。

《成相》是荀况晚年的作品。在这篇文章中，他借用若干历史故事，塑造了他理想中的圣王和贤相的形象。文中写到：君主好忌妒和处处都想胜过臣下，这样大臣们就没法进行规劝了，必然要遇到灾祸。君主评论臣下的过错，要看他所做的事是否违背了尊崇君主，安定国家和推崇贤人。君主拒绝规劝，掩饰自己的错误，臣下阿谀奉承，附和君主的意思，国家必然遭到祸害。

后人用“拒谏饰非”指拒绝别人的劝告，掩饰自己的错误。

刻画无盐

典出南朝·宋·刘义庆《世说新语·轻诋》：何乃刻画无盐，唐突西施也。

战国时，齐国无盐（今山东东平县东）有一个其丑无比的女子，姓钟离，名春，外地人都称她无盐。无盐相貌虽丑，但关心政事。她曾自谒齐宣王面责其奢侈腐败。齐宣王受到感动，立她为王后。后来，人们就用“无盐”来称颂和比拟貌丑而有德行的妇女。

春秋时代，越国曾有一个绝代美女西施。无盐和她比起来，简直无法相比。如果硬拿来相比，那就把丑的抬得太高，把美的贬得太低了。这种作法，称作“刻画无盐，唐突西施。”

晋代时，征西将军庾亮与荆州刺史周伯仁友善。一次，庾亮对周说：“大家都拿你比乐广。”周说：“这真是精细地描绘无盐，无端地冒犯西施。”

“刻画无盐”比喻以丑作美，引喻失当。

空中楼阁

宋朝有位大学问家叫沈括，字存中，浙江湖州人，宋仁宗时考中进士，后来做到韩林学士一官。他学问渊博，对当时的掌故、见闻，以及天文、卜算、音乐、医药等，无不通晓。在他所著的《梦溪笔谈》一书中，曾有这样一段记载："登州（今山东蓬莱县）四面临海（渤海），春末及夏季时，远远可以见到空中有城市楼台的形状，当地的人将他叫做海市。"这种情景，便是人们所称的"海市蜃楼"，其实是因为那季节海水的温度低于空气，故空气海面密而空中薄，远山、船舶、城市、楼台的光线除了直射到人的眼中外，又射到空气稀薄的地方，再曲折反射到人的目中。在沙漠中也有这种虚幻景象，沙漠上白天地面热，故下层空气薄于上层，光线反射，便有池畔草木映在水中的形状。

后来清朝人翟灏将沈括所说的话引证为"空中楼阁"，常常比喻脱离实际的幻想或虚幻的事物。

口尚乳臭

讳不识字

典出《汉书·高帝纪上》：秋八月，汉王如荥阳，谓郦食其曰："缓颊往说魏王豹，能下之，以魏地万户封生。"食其往，豹不听，汉王以韩信为左丞相，与曹参灌婴俱击魏。食其还，汉王问："魏大将谁也？"对曰："柏直。"王曰："是口尚乳臭，不能当韩信。骑将谁也？"曰："冯敬。"曰："是秦将冯无择子也，虽贤，不能当灌婴。步卒将谁也？"曰："项它。"曰："是不能当曹参。吾无患矣。"九月，信等虏豹……

秦王朝被推翻之后，刘邦和项羽争夺天下，拉开了楚汉之争的序幕。公元前205年（汉王二年）初，刘邦率领大军出函谷关东下，一路势如破竹。三月，刘邦北渡黄河，西魏王豹带兵投降。接着，刘邦又南渡黄河，攻占洛阳。四月，刘邦率领各路诸侯，共56万人，东向伐楚，一举攻下鼓城。项羽闻讯之后，立即离开齐地，引兵3万，急回彭城，大破汉军，刘邦仅与数十骑逃脱，退到荥阳、成皋一带。各路诸侯看到刘邦大败，纷纷逃散。西魏王豹以探视母亲为名，离开刘邦，又投奔了楚军，起兵与汉军为敌。这时，刘邦极力争取笼络各方力量。他说服了英布叛楚归汉，又派人联合了彭越，同时重用韩信。汉军又振作起来。

这一年的秋季八月，汉王来到荥阳，对辩士郦食其说："请您试探着慢慢地同西魏王豹说说，要他反楚归汉。如果能说服他，我把魏地万户封给先生您。"郦食其前去说降，但西魏王豹不肯听从。于是，刘邦决定任韩信为左丞相，让他同曹参、灌婴一起去攻打西魏王豹。这时，郦食其回来了。刘邦问道："西魏王豹的大将是谁?"郦食其回答说："柏直。"刘邦说："这个人年幼无知，嘴里的奶腥儿还未退尽，他一定抵挡不住我的大将韩信。西魏王豹的骑将是谁呢?"郦食其回答道："冯敬。"刘邦说："这个人是秦将冯无择的儿子，虽然很贤德，但抵挡不了灌婴。步兵将领是谁呢?"郦食回答道："项它。"刘邦说："这个人抵挡不了曹参。我没有忧患了。”九月间，韩信等人俘虏了西魏王豹。

“口尚乳臭”就是从这个故事来的。乳臭：奶腥气。“口尚乳臭”的意思是，年轻尚小，嘴里的奶腥味儿还没有退尽。用来说明年幼无知，是轻视年轻人的用语。“口尚乳臭”，也作“乳臭未干”。

劳而无功

这句成语曾见《管子·形势篇》：与不可，强不能，告不知，谓之劳而无功。又见《庄子·天运》：是犹推舟于陆地，劳而无功。下面故事从《庄子》。

春秋末年，孔子带着一些弟子周游列国，宣传他们的政治主张。在从鲁国准备到卫国去的时候，弟子颜渊对鲁国的太师金说：“我的老师孔子要到卫国去宣传仁义道德这些政治主张，您说卫侯肯接受吗？”金回答说：“现在战乱四起，各国的国君都忙于打仗，谁听那些不合时宜的说教呢？如今他去卫国游说，恐怕是像在陆地上推着船前进一样，花了力气，但收不到效果。”后来，孔子来到卫国，仍然不合时宜地进行说教，卫侯果然不采纳他的主张，他只好垂头丧气地走了。

后人用“劳而无功”指花了力气却没有功效。

两败俱伤

典出《战国策·齐策三》：齐欲伐魏。淳于髡谓齐王曰：“韩子卢者，天下之疾犬也。东郭逡者，海内之狡兔也。韩子卢逐东郭逡，环山者三，腾山者五，兔极于前，犬废于后，犬兔俱罢，各死其处。田父见之，无劳倦之苦，而擅其功。今齐、魏久相持，以顿其兵，弊其众，臣恐强秦大楚承其后，有田父之功。”齐王惧，谢将休士也。

战国时代，齐宣王想要发兵去攻打魏国。当时齐国有一个滑稽雄辩的人名叫淳于髡，他知道了，便去见宣王，说：“韩子卢是最有名的猎犬，东郭逡是最著名的狡兔。有一天，韩子卢追赶东郭逡；一只在前面拼命地逃，一只在后面拼命地追，绕着山脚追了五圈，越过山头又赶了五趟，直到后来它两个都跑得精疲力竭了，都一齐倒在路边，死了。这时，来了一个种田的人，他弯下腰去，毫不费力地拾起一只狡兔和一只猎犬。”现在，要是齐国攻打魏国，必定兵连祸结。这场战争不是短期之内可以结束得了的。结果，必将使双方士兵都打得焦头烂额，疲惫不堪！同时又大大地加重了百姓的负担，落得民穷财尽，两败俱伤。那时候，泰国和楚国便可以不费吹灰之力，长驱直入，占领齐魏两国，就像种田的人毫不费力地拾一只狡兔和一只猎犬一样。

齐宣王听了，觉得淳于髡的话很有道理，就不想发兵攻打魏国了。

“两败俱伤”是指双方都吃了亏，都受到损害。

辽东白豕

典出《后汉书·朱浮传》：而伯通自伐，以为功高天下。往时辽东有豕，生子白头，异而献之，行至河东，见群豕皆白，怀惭而还。若以子之功论于朝廷，则为辽东豕也。

东汉时期，有一个人叫朱浮，字叔元，沛国萧人。光武帝刘秀任他为大司马主簿，偏将军，公元26年（建武二年）又封他为舞阳侯。

朱浮颇有才能，也很有事业心。当时，社会比较混乱，朱浮想任用一些旧的官吏，以安定人心。但是，渔阳太守彭宠（字伯通）不同意，他认为天下未定，战事较多，不应该设置过多的官属以损耗财力，所以他不听从来浮的命令。朱浮为人性情急躁，自以为是，容不下不同的意见。他给彭宠写了一封信，对他进行指责。其中说道：“你彭伯通骄傲自大，以为自己的功劳比天下任何人都大。从前，辽东某家有一头母猪，产下一只白头的小猪仔，这家人认为这个小猪仔是珍稀之宝，打算把它献给朝廷。当他们走到河东一带时，看到那里的猪都是白的，因此满怀惭愧之情返回去了。如果把你的功劳拿到朝廷上议论，就如同辽东的白头小猪一样，不足为奇啊。”彭宠见信后十分生气，就率兵攻打朱浮。幸亏上谷太守耿况派兵救援，朱浮才得以逃走。

“辽东白豕”就是从这个故事来的。豕：猪。人们用“辽东白豕”比喻少见多怪。

临渴掘井

临渴掘井

典出《晏子春秋·内篇杂上》：鲁昭公失国走齐，景公问焉，曰："子之年甚少，奚道至于此乎？"昭公对曰："吾少之时，人多爱我者，吾体不能亲；人多谏我者，吾忌不能从，是以内无拂而外无辅。辅拂无一人，谄谀者甚众，譬之犹秋蓬也，孤其根而美枝叶，秋风一至，偾且揭矣。"景公辩其言，以语晏子曰："使是人反其国，岂不为古之贤君乎？"晏子对曰："不然。夫愚者多悔，不肖者自贤。溺者不问队，迷者不问路；溺而后问队，迷而后问路，譬之犹临难而遽铸兵，临噎而遽掘井，虽速亦无及已。"

春秋时代，鲁昭公在国内待不下去，出走到齐国，齐景公问他："你年纪很轻，就把国家丢掉，这是什么原因呢？"昭公回答说："我年纪很轻，很多人爱护我，但我没有亲近他们；很多人规劝我，我又不曾接受。于是弄得里边无人帮助，外边无人拥护。现在已没有一人真心帮助和拥护我，倒是奉承和对我说假话的人很多。这就好比秋天的蓬草，根茎已经枯萎，枝叶尚自美丽。可是待到秋风一起，自然就连根都被拔起来了。"景公觉得他这话很有道理，就转告晏子，并且认为若让昭公回去，该成为一位贤良的国君。晏子说："不会如此。凡掉在水里的人，原先是不防备失足的；迷途的人，原先便是不注意路径的。一定要等到掉在水里以后，才会想起应该防备失足，迷失方向之后，才能知道应该注意路径。犹如面临灾难的人，才急着铸造兵器；吃东西塞住咽喉的人，才急着去挖井取水。虽然这时候用最快的速度，但是已经来不及了。"

后来人们便根据晏子说的最后几句话，引申成"临渴掘井"这句成语，用来嘲笑人平时对于事情，不做准备，不知提防，等到事已临头，才忙着采取措施去应付，但是已经来不及了。

菱生山中

典出《雪涛小说·知无涯》：北人生而不识菱者，仕于南方，席上啖菱，并壳入口。或曰：“啖菱须去壳。”其人自护所短，曰：“我非不知并壳者，欲以清热也。”问者曰：“北土亦有此物否？”答曰：“前山后山，何地不有！”

有个北方人，有生以来没见过菱角。后来他到南方做官。有一次，他在宴席上吃菱连壳一起塞进嘴里，别人告诉他说：“吃菱应该去掉壳。”他自护其短，说：“我并不是不知道，所以要连壳吃，是为了清热泄火。”席上有个人问：“北方也有这种东西吗？”他回答说：“前山后山都是，哪一块地方没有呢！”

后人用“菱生山中”这个典故告诫人们，不懂就是不懂，不要自护其短，护来护去，只能越发暴露自己的无知和虚伪。

六只脚快

六只脚快

典出《广笑府》：有急足下紧急公文，官恐其迟也，拔一马与之。其人逐马而行，人问："如此急事，何不乘马？"曰："六只足走，岂不快于四只。"

有个跑步传送紧急公文的差人，官府怕他慢了误事，就拨给他一匹马乘骑。

这个差人跟在马后，赶着马飞跑。有人见了问："你有如此紧急的公文，为什么不骑着马赶路呢？"差人说："六只足跑难道不比四只足快吗？"

后人用"六只脚快"这个典故来比喻机械唯物论者认识事物和处理问题的方法。

龙蛙喜怒

典出《艾子杂说》：昔有龙王，逢一蛙于海滨，相问讯后，蛙问龙王曰："王之居处何如？"王曰："珠宫贝阙，晕飞璇题。"龙复问："汝之居处何若？"蛙曰："绿苔碧草，清泉白石。"复问曰："王之喜怒如何？"龙曰："吾喜则时降膏泽，使五谷丰稔；怒则先之以暴风，次之以雷震，继之以飞电，使千里之内，寸草不留。"龙谓蛙曰："汝之喜怒何如？"曰："吾之喜则清风明月，一部鼓吹；怒则先之以怒眼，次之以腹胀，然后至于胀过而休。"

从前一位龙王在海滨遇到一只青蛙。

它们相互寒暄过后，青蛙问龙王说："大王您居住的地方怎么样啊？"龙王回答道："那是珍珠叠就的宫殿，彩贝堆砌的楼台，可以说是壮丽之极，精巧之极了。"

龙王也问青蛙说："你住的地方怎么样啊？"青蛙说："周围是绿苔碧草，门前是清泉白石。"

青蛙又问龙王："大王喜怒的时候，是什么样呢？"

龙王说："我高兴的时候，普降甘霖，让天下五谷丰登；发怒的时候，先兴狂风，再发雷霆，后飞闪电，管叫千里之内，寸草不留。"

龙王也问青蛙："你喜怒的时候，又是怎么样呢？"青蛙说："我高兴的时候，便对着清风明月，尽情鼓噪一片蛙声；生气的时候，先怒眼睛，再鼓肚腹，直到最后胀破肚皮，一死方休。"

后人用"龙蛙喜怒"这个典故告诉人们，越是鼠目寸光，胸无大志的人，往往越喜欢自我陶醉，自鸣得意。

鲁人徙越

典出《韩非子·说林上》：鲁人身善织屦，妻善织缟，而欲徙于越。或谓之曰："子必穷矣。"

鲁人曰：'何也？'

曰：'屦为履之也，而越人跣行；缟为冠之也，而越人被发。以子之所长，游于不用之国，欲使无穷，其可得乎？'"

鲁国有个人擅长织草鞋，妻子擅长织生绢，想搬迁到越国去谋生。有人告诉他说："你一定会遇到困难的。"

这个鲁国人说："为什么呢?"

回答道："做鞋是为了穿它，而越国人是光脚走路的；织缟是为了做帽子戴，而越国人是不戴帽子的。拿你们所擅长的技艺，跑到用不着的地方去谋生，要使自己摆脱困境，哪能办到呢?"

后人用"鲁人徙越"比喻要根据社会的实际需要决定行动，否则非碰钉子不可。

驴鸣犬吠

典出《朝野佥载》卷六：梁庾信从南朝初至北方，文士多轻之。信将《枯树赋》以示之。于后无敢言者。时温子升作《韩陵山寺碑》，庾信读而写其本。南人问信曰："北方文士何如?"信曰："唯有韩陵山一片石堪共语，薛道衡、卢思道少解把笔，自余驴鸣犬吠，聒耳而已。"

庾信（公元 513～581 年），字子山，是南北朝时期的北朝作家。当初，他在南朝梁朝廷当官，与他的父亲庾肩吾一起入宫廷，写作绮丽的宫体诗。梁元帝（萧绎）承圣三年（公元 555 年），42 岁的庾信奉命出使西魏，到了长安。正在这时候，西魏的军队攻陷了江陵，捕杀萧绎。从此，庾信便被留在西魏，历经西魏、北周，到隋文帝杨坚开皇元年（公元 581 年）才死去。

庾信本是被强留于北方的南朝使臣。他从南朝初到北方时，文人们都瞧不起他。留在北朝做官，这在庾信看来不仅是背井离乡，而且是“失节”的行为，使他内心中感到严重的屈辱和痛苦。这种遭遇和经历使他的创作发生了变化，写出了《哀江南赋》、《小园赋》和《枯树赋》等代表作。《枯树赋》主要是抒写自己身世之感，如“若乃山河阻绝，飘零离别，拔本垂泪，伤根沥血。火入空心，膏流断节。横洞口而欹卧，顿山腰而半折”。树的形象已经成为作者自己身世的象征，读后令人感奋，催人泪下。庾信把《枯树赋》拿给其他文人看，他们看后深表佩服，以后再也不攻击庾信了。此前，以尔朱荣为首的尔朱氏集团拥有强大的兵力，魏国在凶暴愚蠢的尔朱氏集团支配下，从统一的形式转向分裂的形式。公元 532 年，晋州（今山西临汾县）刺史高欢在洛阳大杀尔朱氏及其徒党，并在韩陵山（在河南安阳东）建立定国寺，记载自己的功德，一个叫温子升的文人撰写了碑文，即《韩陵山寺碑》。庾信很喜欢这篇碑文，把它抄写下来。有一次，南方的文人问庾信说："北方文人的水平如何呢？"庾信回答道："唯有韩陵山上的那块碑文尚可一读，薛道衡（字玄卿）、卢思道稍懂为文之道，除此之外，都是一些驴鸣犬吠之徒，聒噪一番，污人耳目而已。"

"驴鸣犬吠"就是从这个故事来的。它的意思是，如同驴狗般的嚎叫。人们用它嘲笑某人文章写得拙劣。但此典过于刻薄，对人不敬，应当慎重使用。

买椟还珠

典出《韩非子·外储说左上》：楚人有卖其珠于郑者，为木兰之柜，熏以桂椒，缀以珠玉，饰以玫瑰，辑以羽翠，郑人买其椟而还其珠。此可谓善卖椟矣，未可谓善鬻珠也。

古时候，楚国有一些珠宝商人，把珍珠运到郑国去售卖。为了吸引顾客，招来生意，他们别出心裁地特制了一些盛珍珠的匣子；这些匣子全选用上等木兰木料制造，款式设计十分美观；匣子外面雕上了精致的玫瑰花纹，四边都镶上了闪光的珠玉，周围又加上一撮撮美丽的翡翠；同时，还用桂椒把匣子熏得香喷喷的，真是人见人爱。

他们到了郑国，便选择了一个热闹的地方，把带来的装着珍珠的匣子打开，一排排的摆在地上。果然，很快就围满了一层层的人前来观看。他们心中正暗自高兴，可是他们故意一声不响地坐着，听听周围的人对他们的珍珠的评论，以便开价。怎知他们听来听去的全是谈论那些匣子的样子、装饰……，放在匣子里的珍珠，一点也没有引起人们的注意。这些珠宝商不由得着急起来，于是大声叫卖。但人们问的都是那些匣子的价钱。最后，有些人宁可出高价把匣子买了，而无条件地把匣里的珍珠退还给那些珠宝商人。

照这故事的本身看来，郑国的买客只要匣子而退还珍珠，似乎是并不可笑，因为那些匣子也实在太美观名贵了，他们从没有见过这样美丽的匣子，而珍珠虽贵重，却是以前时时见到的，但他们放弃真正名贵的珍珠而要外表好看的匣子的处世情况，却是取舍不当，失去意义了。

以后，人们便把这个故事引申为“买椟还珠”（椟，一种藏物的小匣），譬喻人们取舍失当，轻重倒置。

买鳖亡鳖

典出《韩非子·外储说左上》：郑县人卜子妻之市，买鳖以归。

过颍水，以为渴也，因纵而饮之。遂亡其鳖。

郑县人卜子的妻子去赶集，买了一只甲鱼带回家。

路过颍河的时候，她以为甲鱼渴了，因而把它放到河里去喝水。甲鱼就跑掉了。

这一则寓言讽刺了教条主义者总是带着很大的主观性、片面性和表面性。

买鳖亡鳖

氓作氓怖

典出唐陆龟蒙《笠泽丛书·庙碑》：瓯、粤间好事鬼，山椒水滨多淫祀。其庙貌有雄而毅、黝而硕者，则曰将军；有温而愿，而少者，则曰某郎；有媪而尊严者，则曰姥；有妇而容艳者，则曰姑。其居处则敞之以庭堂，峻之以陛级，左右老木，攒植森拱，萝茑翳于上，鸱鸮室其间，车马徒隶，丛杂怪状。氓作之，氓怖之。大者椎牛，次者击豕，小不下犬鸡。鱼椒之荐，牲酒之奠，缺于家可也，缺于神不可也。一朝懈怠，祸亦随作，耋孺畜牧栗栗然，疾病死丧，不曰适丁其时，而悉归之于神。

瓯、粤一带，信奉鬼神。山巅河畔有很多滥造的神鬼庙宇。对庙里的神像，相貌凶猛威武、黝黑高大的，尊为将军；温良敦厚，面白年少的，就呼为某郎君；神态尊严的老妇，则恭称老母；姿色艳丽的妇人，便叫做仙姑。

人们还给它们修建了宽敞的庭院殿宇，筑起高高的阶台。两旁的老树，株密叶茂，上面藤萝盘绕，鸱鸮营巢筑窝。庙里还到处雕塑彩绘着神鬼的车马随从，奇形怪状，阴森可怕。

农夫们自己制造了这些偶像，自己又畏惧敬奉它们。供祭的时候，大的杀牛，稍次的宰猪，最差也不小于鸡犬，酒食鱼肉宁肯自己不吃，也要供祭神鬼。倘若一时怠慢失敬，老幼个个抖瑟害怕，唯恐神鬼降灾。逢上疾病死丧，不认为是恰值时疫或寿数已尽，统统归于鬼神。

后人用“氓作氓怖”这个典故告诉人们，民作民怖，是由于长期遭受封建统治阶级欺骗和愚弄的结果。但是，到了一定时期，人们就会觉醒，并用他们自己的双手打碎这些偶像。

战国时期，高子向孟子学习知识，但他半途又改学别的。孟子对他说：“山坡上的小路，虽然只有一点点宽，但是只要经常去走，就会成为一条路；如果有一段时间不去走，它就会被茅草堵塞了。现在，茅草也把你的心堵塞了。”

“茅塞”就是从这个故事来的。人们用它比喻思路不开通。后来，人们用“顿开茅塞”比喻大受启发，立刻理解、明白。

帽缨系好

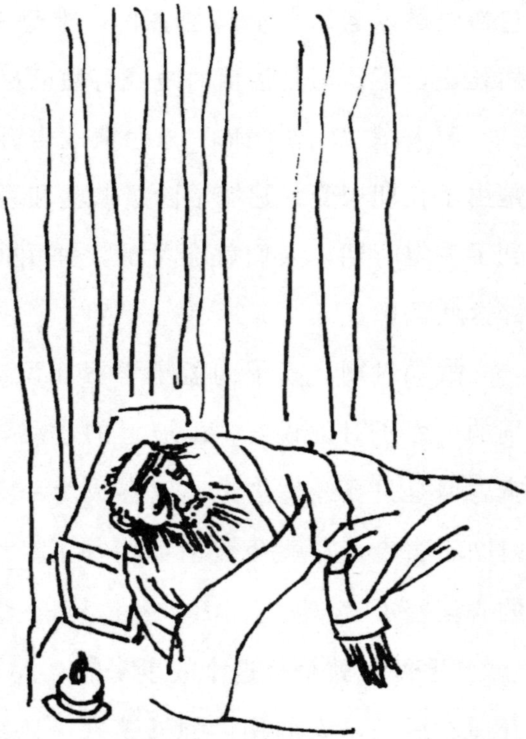

枯木朽株

黄池大会夫差当了盟主以后，列国就得向他进贡，晋国的君臣觉得不但损失了利益，而且在中原诸侯面前可算丢尽了威望，便打算在那些软弱无能的诸侯里头找一两个做文章，好争回点面子。晋定公就想起当初他帮着卫太子蒯聩当了国君，他有两年多没来朝见进贡。这倒是个名目，就打发赵鞅带着大军去打卫国（公元前 477 年）。

提起卫太子蒯聩，他也是个宝贝。他当初眼见他父亲卫灵公睁个眼闭个眼，让南子（蒯聩的母亲）去跟公子朝来往，闹得全国人都知道了。太子蒯聩听见外边的议论，非常生气。他就跟一个家臣商量，叫他去把南子刺死。没想到那个家臣见了南子，不敢下手，反倒叫南子瞧破了底细，就大声嚷着说："太子杀我！"卫灵公可火大了，立刻要把太子弄死，吓得太子偷偷跑到宋国去。后来又从宋国跑到晋国，央告赵鞅帮他的忙。谁知道卫灵公死了以后，南子和大臣们因为卫灵公已经废了太子蒯聩，就把蒯聩的儿子立为国君，就是卫出公。可是晋国这方面，赵鞅叫那个从鲁国跑出来的阳虎护送着蒯聩，去跟卫出公争夺君位。卫国的大臣还真帮着儿子打爸爸。蒯聩不能回国，就和阳虎占领了卫国的戚城（在河北省濮阳县北）暂且住一下。一面请赵鞅再想办法。

卫出公虽说当了国君，可是卫国的大权全在大夫孔悝手里。孔悝的母亲孔姬是蒯聩的姊姊，她向着她的兄弟，不喜欢她的侄儿。可是孔悝跟他妈并不是一条心，他是帮着卫出公的，一娘儿俩就分成两派。

这位孔姬也是个怪物。按说儿子当了大夫，执掌着国家大权，她应当是个老夫人了。哪知道不是那么回事。她爱上了一个小伙子叫浑良夫，他是孔家的家臣。浑良夫对孔姬是百依百顺，孔姬叫他怎么着他就怎么着。孔姬叫他上戚城去探望她兄弟蒯聩，还想把蒯聩接回来。

浑良夫到了戚城，见了蒯聩，刚要下拜，蒯聩一把拉住他，挺亲热地跟他说："你要是能帮我当上国君，我准请你执掌大权。将来万一你犯了死罪，我饶你三回不死。"浑良夫满口答应，回来就跟孔姬商量。孔姬叫他带了两套女人的衣裳，再上戚城去接蒯聩，又派了两个武士打扮成赶车的。浑良夫和蒯聩扮做女人坐在车里混进城来。孔姬把他们当作丫头，收在家里。

第二天，孔悝上朝回来。孔姬问他："你妈一家最亲的是谁？"孔悝说："当然是舅舅喽。"孔姬说："你既然知道舅舅最亲，为什么不立他为国君呢？"孔悝说："废太子，立国君，全是先君的命令。我哪儿敢不照着办呢？"说着，他装着要方便的样儿，上厕所去了。孔姬早就布下了两个武士，左右一挤，把孔悝夹在中间，说："太子叫您去！"不由分说，把他拥到一个高台上来。孔姬站在蒯聩旁边，大声地说："太子在这儿，孔悝还不赶紧拜见！"孔悝只好拜见了蒯聩。孔姬挺着身子，瞪着眼睛对她儿子说："你今天愿意不愿意归顺舅舅？"孔悝说："随娘的便。"孔姬立刻吩咐手下的人宰了一头猪，叫太子蒯聩和大夫孔悝"歃血为盟"。

孔姬一边留住那两个武士看住孔悝，一边就叫浑良夫打着孔悝的旗号传下命令，召集家丁，前去逼宫。

卫出公听说有人造反，慌里慌张地打发左右去请孔悝来。左右回报说：“孔大夫早就给他们扣起来了。”卫出公吓得迷里迷糊地好像在做梦。末了，他就忙忙叨叨地开了库房，把值钱的东西都搬上车，上鲁国去了。有些不愿意归顺蒯喷的大臣，五零四散地躲开了。

孔子的门生子羔和子路都是孔悝的家臣。子羔听说主人给人家围困住了，就从城里逃出去。他到了城外，可巧碰见子路要进城去救孔悝。子羔对他说：“城门已经关了，这又不是你的事，干嘛去自投罗网？”子路不听他的劝。他说：“我拿了孔家的俸禄，就不能贪生怕死地不去救他！”他就一个人一气跑到城门口。城门早就关了。守城的人认得子路，对他说：“国君早就跑了，你还来干嘛？”子路犯起傻劲来了。他说：“我最恨那些没皮没脸的人，吃了人家的饭，不管一点事。刚一听说主人有难，头一个就先跑了。我特地赶了来，给他们瞧瞧！”谁知道守城的人不管子路怎么说，就是不开城。正巧城里有人出来，子路趁着城门一开，就挤了进去。一口气跑到孔家，在台底下大声嚷道：“我子路在这儿，请孔大夫下来吧！”

孔悝给左右看着，不敢说话。子路说：“你们不下来，我就把这座台烧了。”太子蒯喷叫那两个武士下去跟子路打一打。子路拿着宝剑，跟这两个人打上了。打了一会，武士们占了上风。这儿一戟扎过去，把子路的胸口扎通了。接着那儿一刀，又把子路的帽缨砍下来了。他们一瞧子路活不了了，就回台上去了。子路躺在地上，正要断气的时候，忽然想起帽缨折了，帽子也歪了。一个挺讲究礼节的孔子的门生，怎么能这样衣冠不整地死去呢？他强挣扎着把帽子戴正了，帽缨系好了，说："君子死了，不应该不戴帽子的。"接着，他就安心地咽了气。

这个故事固然赞扬了忠心耿耿的人，在危急时刻想到的不仅仅是自己；但同时也嘲讽了读书人的迂腐气，做事不分轻重。

蒙人叱虎

典出《郁离子》：蒙人衣狻猊之皮以适圹，虎见之而走。谓虎为畏己也，返而矜，有大志。明日，服狐裘而往，复与虎遇。虎立而睨之。怒其不走也，叱之，为虎所食。

有一个住在蒙邑的人，他披着狮子皮走到旷野中去，老虎看见他就吓跑了。这个人便认为老虎害怕自己，回到家里骄傲地夸耀自己十分了不起。

第二天，他又穿上一身狐狸皮袄走到旷野里去，再次与老虎相遇。老虎站住脚用眼睛斜盯着他。他见老虎并不逃走，非常愤怒，就大声呵斥，结果被老虎吃掉了。

后人用这则寓言说明假象掩盖不住真情，表象不能代替实质——“纸里是包不住火的”。凡是“拉大旗做虎皮，包住自己，吓唬别人”的人，终有一天，会暴露他内部的虚弱，遭致可耻的下场。

梦中受辱

典出《吕氏春秋·遇合》：齐庄公之时，有士曰宾卑聚，梦有壮子，白缟之冠。丹绩之枸，东布之衣，新素履，墨剑室，从而叱之，唾其面，惕然而寤，徒梦也。终夜坐，不知快。明日召其友而告之。曰：“吾少好勇，年六十而无所挫辱。今夜辱吾，将索其形，期得之则可，不得将死之。”每期与其友俱立乎衢，三日不得，却而自殁。

齐庄公时候，有个名叫宾卑聚的人。一天夜晚，他梦见有个壮士，头戴白缟制的帽子，外穿红色麻布盛服，内着东布做的衣服，脚登崭新的白鞋，挂着黑色的剑囊，把他骂了一顿，唾了一脸。

这个人气急败坏，一下惊醒，原来只是一场梦。结果气得一夜再也不能入睡，坐在那里，闷闷不乐。

第二天，他请来要好的朋友，把梦里的事讲给他听，并说："我自幼勇敢好胜，到如今六十年来从未受过半点羞辱。现在有人竟敢在夜间羞辱我，我非要按相貌找到他，报仇雪恨。如果按期找到了，还算罢了；找不到，一死了之。"

于是，他每天约朋友一起站在十字路口搜寻梦中那个壮士。

结果，三天过去了，还没有找到，他便回去自杀了。

后人用"梦中受辱"这个典故告诉我们："好勇"，好不好？要做具体分析。像宾卑聚这样，寻找虚幻的敌人，报复梦中的羞辱，竟至含恨自杀，这样的好勇，毫无意义，毫无价值。我们提倡的则是为人民大众、为崇高事业，英勇奋斗、不惜牺牲的献身精神。

米从何来

典出《艾子杂说》：齐有富人，家累千金。其二子甚愚，其父又不教之。一日，艾子谓其父曰："君之子虽美，而不通世务，他日曷能克其家？"父怒曰："吾之子敏，而且恃多能，岂有不通世务耶？"艾子曰："不须试之他，但问君之子所食者米从何来，若知之，吾当妄言之罪。"父遂呼其子问之，其子嘻然笑曰："吾岂不知此也，每以布囊取来。"其父愀然而改容曰："子之愚甚也，彼米不是田中来？"艾子曰："非其父不生其子。"

齐国有个富翁，家底很厚。他的两个儿子愚蠢不堪，父亲也不加以教育。

一天，艾子对富翁说："您的儿子虽然长得漂亮，可是不懂世事，不明事理，日后怎么能治家立业呢？"

富翁听了生气地说："我的儿子聪敏过人，而且堪称是多才多能，哪有不通世务的道理呢！"

艾子说："不用试别的，就请问问您儿子，所吃的米是从哪儿来的吧。如果他知道，我情愿承担瞎说的罪过。”

富翁立即唤来儿子，当面问。儿子嬉皮笑脸地说：“这我哪能不知道呢，米总是从装米的布口袋里取出来的嘛！”富翁脸色一沉，不高兴地呵斥道：“你太蠢了，难道不知道米是从田里长出来的吗？”

艾子听了，慨叹说：“不是这样的老子，怎么能生出这样的儿子来啊！”

后人用“米从何来”这个典故告诉人们，剥削阶级脱离实际，不事生产，不劳而获，坐享其成，是最愚蠢无知的。

明年同岁

典出《艾子杂说》：艾子行，出邯郸道上，见二媪相与让路。一曰：“媪几岁？”曰：“七十。”问者曰：“我六十九，然则明年，当与尔同岁矣。”

艾子出了邯郸城，走在路上，看见两个老太婆在那里相互让路。其中一个问道：“你多大岁数了？”另一个回答说：“整整七十了。”问的人又说：“我今年六十九，到了明年，就和您同岁了。”

后人用“明年同岁”这个典故告诉人们，要用发展的眼光看问题，不能片面地看问题。

明年同岁

墨守成规

典出《墨子·公输》中的一段故事。

战国时候，楚荆王想去攻打宋国，叫著名工匠公输班（即鲁班）设计制造了攻城用的云梯。当时有个叫墨翟的人以善于守御而著名，他反对这次战争，于是从齐国（一说鲁国）跑到了楚国的郢都，劝荆王不要出兵，荆王认为，他有公输班设计的云梯，攻城一定可以获胜，因此，不想理睬墨翟的劝告。墨翟见此情景，对荆王说：“那么，我来充当守城的，你让公输班来攻，看他能不能攻下。”于是墨翟制作了简单的模型，让公输班用他制造的器械来攻打，自己防守。公输班一连攻了九次，都没有攻下。后来，他们俩掉换了攻守，墨翟攻了九次，就攻下了九次。荆王见公输班制造的器械并不是万能的，就取消了攻打宋国的计划。

根据墨翟守城这则故事，后来称善守者为“墨守”。《后汉书·郑玄传》：“时任城何休好《公羊》学，遂著《公羊墨守》。”李贤注：“言《公羊》义理深远，不可驳难，如墨翟之守城也。”

后人用“墨守成规”这个典故比喻固执、不愿改变自己的主意。

目不见睫

典出《韩非子·喻老》：臣患智之如目也，能见百步之外而不能自见其睫。

《史记·越王勾践世家》：吾不贵其用智之如目，见豪毛而不见其睫也。

战国时，越王无疆当国，他想与当时的其他国家争霸，就对外使用武力，准备北面向齐国用兵，西面对楚国侵略。齐威王知道越国要向齐国进攻，就派了个说客向越王说："越国不去攻打楚国，大既不能称王，小也不能称霸。我想越国之所以不去攻打楚国，为的是得不到晋国的支持。"越王说："我对晋国的希望是维持中立，不想和他们两军相对，难道晋国还会来攻夺我的城池吗?"接着他又分析了当时各国的情况后，对晋国的不趁时机去掠取楚国的土地，认为十分失算。

齐国使者听了越王的见解，说："我觉：得越国没有亡国倒真是侥幸的事，大王你看得多么虚浅！我一点不重视那种运用智慧像使用眼睛的作法，眼睛虽然能看清楚细微的毛，却看不见自己眼睑上的睫毛。现在，你只看见晋国的失计，却看不见越国本身的错误，只期待晋国去瓜分楚国，又不能和他联合，怎样能够全凭希望呢?大王不如现在出兵去攻打楚国，先夺长沙一带产米区（楚国在今湖南、湖北地方）和竟泽陵的产木材的地方，那么就可以建立王霸的基础。"越王被齐国的说客打动了，便放松齐国而移兵攻楚。

后来的人，便将齐国使者所说的话引申为"目不见睫"一句成语，意思是眼睛看不见自己的睫毛，比喻目光短浅，没有自知之明。

沐猴而冠

典出《史记·项羽本纪》：人言楚人沐猴而冠者，果然！

项羽在鸿门把刘邦放走以后，心中非常懊悔，又想起刘邦可能要占领咸阳，心中更加恼怒。一怒之下，他便带领军队攻打咸阳。占据咸阳后，他把秦降王子婴杀了，把秦朝宫殿烧了，把宫中的珍宝财物抢了，带着军队，准备东归。当时有个名叫韩生的人对项羽说："关中这个地方东有函谷关，南有武关，西有散关，北有萧关，山河西塞，四面都有险要的地方可守，而且土地肥沃，物产丰富，真是一个建都的好地方啊！"项羽说："富贵不归故乡，如衣绣夜行，谁知之者？（意思是：升了官，发了财不回故乡显耀一番，就像穿着非常漂亮的锦绣衣服在夜里行走一样，有谁知道呢？）"韩生说："我听说楚人'沐猴而冠'，现在看来，果然如此。"项羽听了极为恼怒，就把韩生投入沸水锅内煮死了。

后人用"沐猴而冠"比喻本质不好，但都装扮得很像样子。

牛膝鸡爪

典出《广笑府》：人有初开药肆者，一日他出，令其子守铺。遇客买牛膝并鸡爪、黄连，子愚不识药，遍索笥中无所有，乃割己耕牛一足，斫二鸡足售之。

有个初开药铺的人，一天外出，让他的儿子给看守铺面。

一会儿，有位顾客前来购买牛膝、鸡爪、黄连。儿子愚昧，不认识药，找遍了药柜也没有找到，便割下家里耕牛的一条腿，剁了两只鸡爪子，卖给顾客。

后人用“牛膝鸡爪”这个典故告诉人们，牛膝鸡爪，望文生义，是一种主观主义的表现。

弄巧成拙

典出《宣和画谱》：弄巧成拙，为蛇画足。

孙知微是北宋时期一个有名的画家。有一次，成都寿宁寺请他为寺院画一幅《九曜图》。他画好草图以后，因为有事要到一个朋友家去，于是就把他的弟子们找来，对他们说："这幅画的轮廓我已经画好了，我要去办事，剩下着色的工作，你们几人接着的吧，一定要认真的好。"

这些弟子们得到老师的信任，非常高兴。老师走了以后，他们就准备上色，可是，忽然发现图中水星菩萨的侍从童子手中拿着的水晶瓶是空的，他们感到很奇怪。一个名叫童仁益的学生对大家说："老师平时画瓶，总要在瓶上画一束鲜艳的插花，这一次可能因为要去办事，匆忙当中忘了画上。我们给画上吧。"大家都赞同他的意见，于是他就在水晶瓶上很用心地添上一枝粉红色的莲花。

第二天，孙知微归来。当他看到水星菩萨的侍从捧的瓶子中居然冒出一朵莲花时，肺都要气炸了。他责问学生们："莲花是你们添上去的吗？为什么要随便添上莲花？"学生们回答："是我们添的，添上莲花不是更好看了吗？"孙知微恼怒地说道："这简直是胡闹。你们的用心虽然是好的，却干了一件自以为聪明的蠢事。《道经》中说，这水星菩萨的水晶瓶不是插花用的，而是用来镇伏水的宝贝。瓶中根本就没有什么花草，如果添上花，它就不是神物而是只普通的花瓶了。这幅画全让你们给毁了。"童仁益等弟子们原以为老师回来会夸奖他们一番，不料却惹了大祸，他们一个个目瞪口呆，手足无措。

"弄巧成拙"这句成语的意思是，本想要弄聪明，结果反而做了蠢事，亦称"弄巧反拙"。巧：聪明；拙：愚笨。

蚍蜉撼树

典出唐·韩愈《调张籍》：李杜文章在，光焰万丈长。不知群儿愚，那能故谤伤。蚍蜉撼大树，可笑不自量。

张籍是韩愈的学生，他们师生之间，感情很深。当时有些狂妄自大的人，妄自评论李白、杜甫的诗文，韩愈对此十分生气。那时张籍也有急于成名之念，韩愈乃作《调张籍》这首五言诗。一则勉励张籍，一则抨击当时的狂人。这首诗的前六句是：

李杜文章在，光焰万丈长。

不知群儿愚，那能故谤伤。

蚍蜉撼大树，可笑不自量。

这几句诗的意思是：李白、杜甫的诗歌存于天地之间，放射万丈光辉。不知道一伙无知之徒，为什么要故意攻击诽谤他们。这就像蚂蚁想动摇大树一样，未免太可笑，太不自量了。

后人便用“蚍蜉撼树”来比喻力量最小而妄想动摇强大的事物，就像蚂蚁想去动摇大树一样，自不量力。

匹夫之勇

典出《史记·淮阴侯列传》：项王喑呜叱咤，千人皆废，然不能任属贤将，此特匹夫之勇耳！

司马迁写史记，写到《项羽本纪》，把项羽这个英雄人物，写得十分出色。虽然他是一位失败的英雄，但是太史公的笔下，这个失败的英雄，也写得栩栩如生，光彩焕发，照耀古今。他对项羽的称誉是：“夫秦失其政，陈涉首难，豪杰蜂起，相与并争，不可胜数，羽非有尺寸，乘势起陇亩之中，三年遂将五诸侯灭秦，分裂天下而封王侯，政由羽出，为霸王，位虽不终，近古以来，未尝有也……”

不死之药

本来项羽二十四岁江东，二十六岁就夺得了秦朝的政权。接着楚汉战争，他和一个荡子出身的刘邦交手，败在刘邦的手里。他临死时，尚不觉悟，犹高呼“天之亡我，非用兵之罪！”

司马迁批评他，错误在放逐义帝而自立；遗弃关中而不守；自矜功伐，奋其私智，不知师古，欲以武力经营天下。

刘邦做了皇帝以后，在洛阳宫大宴群臣时说："寡人所以能成功，取得天下，是能知人亦能用人。""运筹帷幄之中，决胜千里之外，我不如张良；镇守国家，安抚百姓，筹划粮草，整理财政，我不如萧何；上阵打仗，率百万之师，战必胜，攻必克，我不如韩信。此三人是人中之杰，我能用这三个人杰。项羽仅有一范增，还不能用，天下安能不属于我呢？"其实，韩信早就对于项羽，有和司马迁同样的批评了。当他登坛拜将的时候，汉王刘邦问他："丞相萧何党在寡人面前称赞将军，雄才大略，经纬万端，将军对寡人有何指教呢？"

韩信说："现在和大王争夺天下的，是不是项王？大王自料勇悍仁疆，能及项王吗？"汉王说："当然，寡人远不如他。"

韩信躬下身下拜，恭贺汉王说："大王真有自知之明，我亦以为大王不如项王。不过我在项王帐下不少时日，我对他的性情、作风、才能、品质，知道得比较清楚。项王叱咤风云，一声大喝，即能吓退千军，但不能用人：贤臣良将，在他手下，一筹莫展，所谓项王虽勇，只是匹夫之勇。项王有三失，称霸天下，臣服诸侯，应建都关中，其弃关中之富有而回彭城，是失地利；背叛帝之约，凭自己好恶，裂土封王，人人愤怒，诸王见项王驱义帝，相率效尤，各驱旧王于别地，并土地而有之，是失令风；项王所过之处，烧杀抢掳，村庐尽墟，天下忿满，人心皆离，是失人心。倘大王反其道而行之，任天下武功勇之将，使其所向无敌。以天下城邑，封有功之臣，自必人心悦服，将士用命。大王先取关中，而后率义士东归故土，天下安有不大定者乎？”汉王大喜，至此才知韩信有大将之才。

今人称无深谋远略，只凭武力用事之人，谓之“匹夫之勇”，源出于此。

剖腹藏珠

典出《资治通鉴·唐太宗贞观元年》：上谓侍臣曰：“吾闻西城贾胡得美珠，剖身以藏之。有诸？”侍臣曰：“有之。”

唐太宗李世民，有一次给大臣们讲了这样一个故事：西域有一个商人，偶然得到一颗珍贵的珍珠。这颗珍珠非常罕见，价值连城，商人非常珍爱。他害怕别人把珍珠偷去，放在哪里都不放心。后来，他想出一个“高明”的办法，把自己的肚子剖开，把珍珠藏在肚子里面，结果他一命呜呼。

唐太宗讲完这个故事以后说道：“这个故事我是听说的，你们说真会有这种人吗？”大臣们说：“也可能有。”唐太宗说：“这个商人爱珠而不爱身的愚蠢行为十分可笑。但是，有些人因贪赃受贿而丧命，有些皇帝因无止境地追求享受，穷奢极欲因而亡国。他们和那个商人不是同样愚蠢可笑吗？”

右丞魏征接着说：“因为利欲熏心，贪得无厌，结果把自己的性命丢掉了，这样的人大有人在。从前鲁哀公曾对孔子说，有个健忘的人，在搬家的时候，只顾搬运他的财物，竟把自己的妻子忘记了。孔子说，这不算稀奇，有的人健忘得更厉害，比如桀、纣，为了贪图享受，把自己的性命都忘掉了，结果弄得身亡国灭。”唐太宗对大臣们说：“我们应当总结经验教训，大家共同努力，不要犯错误，免得天下人耻笑。”

成语“剖腹藏珠”即来源于此，由上述记载引申而成。原来的意思是说，破开肚子把珍珠藏进去。比喻惜物伤身，轻重倒置。

《红楼梦》第四十五回载：黛玉道：“跌了灯值钱呢，

是跌了人值钱……怎么忽然又变出这剖腹藏珠的脾气来！”

欺软怕硬

典出《史记·宋微子世家》：八年，齐桓公卒，宋欲为盟会。十二年春，宋襄公为鹿上之盟，以求诸侯于楚，楚人许之。公子目夷谏曰：“小国争盟，祸也。”不听。秋，诸侯会宋公盟于盂。目夷曰：“祸其在此乎？君欲已甚，何以堪之！”

宋襄公通知列国诸侯，请他们共同护送公子昭回齐国去即君位。诸侯当中，有的主张多一事不如少一事，干脆就让公子无亏继续做国君；有的不敢得罪宋国，认为开一次大会也无所谓。不过，多数诸侯并不把宋国的通知放在心上。到了开会的日子，只有卫、曹、邾三个小国带了点兵车来赴会。宋襄公就领着四国的兵车打到齐国去。齐国的大臣高虎、国仲懿等全是见风转舵以求自保的人。当初立公子无亏，说他是长子；如今眼看四国兵马麇集城下，就改口说公子昭本来是太子。他们杀

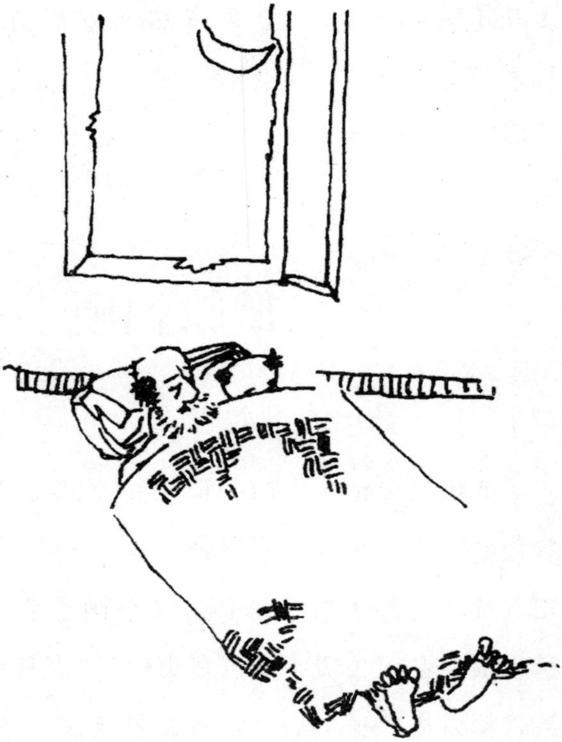
心劳日拙

了公子无亏和竖刁，赶走了易牙，投降了宋国，迎接公子昭即位，就是齐孝公。四国的诸侯完成了这份工作，得了谢礼，就退兵回去了。

宋襄公算是成功地踏出了做霸主的第一步。接下来，他打算号召诸侯，继承齐桓公的事业。但他生怕大国瞧不起他，就先邀约曹、邾、滕（在山东省滕县西南）鄫（在山东省峰县东）四个小国，开个会议。到了开会当天，曹、邾两国的国君准时赴会；滕侯婴齐迟到、鄫子则根本没到场。宋襄公觉得这两个小国太傲慢了，身为小国竟不肯好好地听大国的话，简直是无礼。于是他摆出一副霸主的姿态，打算给他们一点颜色瞧瞧。宋襄公问滕侯婴齐为什么迟到。

滕侯婴齐见他一脸凝重，吓得一哆嗦，低声下气地赔着不是。宋襄公瞧他如惊弓之鸟般，就有点儿过意不去；可是为了维持霸主的神气，他只好狠下心将滕婴齐关起来，不准他会盟。鄫子得到这个消息，心知事态不妙，吓得连夜启程赶来，可是已经迟了三天。宋襄公大怒。叫骂说："我刚提出会盟，小小一个国竟敢迟到三天，不好好处治他，怎么行呢?"公子目夷（字子鱼，宋国的相国，宋襄公的庶兄）一再阻挡他，可是宋襄公已拿定了主意。他杀了鄫子，把他当作祭品，祭祀睢水。别的诸侯祭祀时，只用牛、马羊等作为祭品，宋襄公却用了活人，而且还是一个国君。他对鬼神的崇敬真叫人瞠目结舌。

襄公杀了鄫子后，更妄自尊大了。被拘押的滕侯婴齐千方百计地托人向宋襄公求情，又送了他一份很厚的礼，宋襄公才释放了他。

就因为宋襄公杀了鄫子、押了滕侯，前往与会的曹共公大为不满。不到"歃血为盟"的日子，他就不告而别了。这可恼火了宋襄公，光是会合四个小国，就已经是如此乌烟瘴气，怎么还能号令大国呢?宋襄公左思右想，认为要一个个地去收服小国，实在太费事了，他打算先请出一个大国来，再利用他去收服小国。但是当时楚成王已经会合了齐、鲁、陈、蔡、郑等国，订立了盟约，宋襄公还能去联络哪一个大国呢？虽然泰国和晋国还没给楚国拉过去，可是他们位处偏远，向来不跟中原诸侯会盟。怎么办呢？他摇头晃脑地思索了一会儿，突然灵机一动，自言自语地说："嘿，有了！就请楚国出来吧！"他把这个主意告诉了大臣们，公子目夷自然竭力反对，宋襄公干脆不理他。

宋襄公打发使臣带着厚礼去见楚成王，请他到宋国的鹿上来跟齐国、宋国先开个三国会议，商量会合各国诸侯的办法。楚成王居然答应了。

公元前六三九年二月，齐孝公昭先和宋襄公在鹿上相见。齐孝公是靠着宋襄公的扶持才做了国君的·，当然忘不了他的大恩，言行举止间对他特别恭敬。可是齐孝公发觉这位恩人的霸气不减他的父亲，内心就起了反感。过了几天，楚成王也到了。

三位国君依序就坐。宋是公爵，坐第一位；齐是侯爵，坐第二位；楚是子爵，坐第三位。宋襄公拱了拱手，说："我打算会合诸侯，共同扶助王室。恐怕人心不齐，意见不一致所以想借重二位的大力，一起号召诸侯，到敝国盂地（在河南省睢县东南）开个大会，日期就定在七月里吧！"然后，就请齐、楚两位国君发表意见。齐孝公和楚成王推让了许久，都不肯表达看法。宋襄公就说："二位国君如果不反对我的提议，就请在通告上签名吧！"

说完，就把预备好的通告先递给楚成王楚成王认真一瞧，上面除写明会盟的意义之外，还附带说明要学习齐桓公的办法，开的是“衣裳之会”，最后则签着宋公的名字。楚成王说：“有您签名就够了，就这么发出去吧。”宋襄公说：“陈国、许国、蔡国都跟你们二位订有盟约，所以要借重你们。”楚成王说：“那么请齐侯先签吧！”齐孝公为了宋襄公先把那通告递给楚成王，心里已经怏怏不乐了，这下再，白楚成王让给他，他就赌气似地说：“敝国就像宋公手下的人一样。没有什么影响力。贵国威震八方，您不签字，事情就不好办！”

楚成王微微一笑，签了字，交给齐孝公。齐孝公酸溜溜地说：“我历经颠沛流离，能保住自己的国家已是万幸！哪儿有资格号召诸侯？有了楚国签署就成了。”他对宋襄公的重楚轻齐耿耿于怀。宋襄公没觉察到这一点，把齐孝公的冷言冷语当做真心话，就将通告收了起来，请他们下半年早点来。

到了秋天，宋襄公驾着车马到盂地去开大会。公子目夷说：“楚是蛮族，难以揣测他的意图，万一他心口不一致那可怎么办？主公总得带点人马去，才能叫人放心哪！”宋襄公瞪了他一个白眼，不以为然地说：“什么话？约好了开‘衣裳之会’，怎么可以自己失信于人？”公子目夷只好空手跟着他去赴会。

他们到达会场时，楚、郑、陈、蔡、曹、许等国已在场等候，只有齐孝公和鲁僖公还没露面。齐孝公是抱怨宋襄公，鲁僖公是不屑与蛮族打交道。宋襄公见楚成王左右全是文臣，没有一个武将，就教训公子目夷说："你瞧瞧！下次可别再以小人之心度君子之腹了！"

七国的诸侯准时开会，宋襄公以临时主席的身分拱了拱手，致开会词说："今天诸君到敞国来开会，我们非常荣幸。我们想效法齐桓公的精神，尊重王室、济弱扶倾，大家订立盟约，息兵罢战，共享天下的太平。不知道诸君认为怎么样？"楚成王率先站起来，说："很好！很好！但不知道谁是盟主？"宋襄公理直气壮地说："这用不着多说！不是看爵位的高低，就是论功劳的大小。"楚成王说："宋是公爵，第一等诸侯；可是我已经做了多年的王了。王总比公爵高一等吧！"他就毫不客气地跑过去，大摇大摆地坐在第一个座位上，气得宋襄公暴跳起来。公子目夷扯一扯他的衣袖，叫他沉住气。可是他哪儿办得到呢？他费了九牛二虎之力，眼看就要当上霸主了，怎么能轻易让给别人哪！他挺着胸脯，说："我是正式的公爵，你是自称为王，你这头衔是假的！"楚成王脸色大变，说："既然知道我这楚王是假的，你请我这假王来干什么？"楚国的大夫成得臣（字子玉）也在一旁大声说："今天开会，只要问问众位诸侯，是为了楚国而来的呢？还是为了宋国而来的？”

陈国和蔡国的国君向来害怕楚王，齐声说：“楚国！楚国！”楚王听了，哈哈大笑，指着宋襄公说：“听见了没有？你还有什么话可说？”宋襄公当众受辱，气呼呼地还想争论，就瞧见成得臣和楚国大将斗勃脱去外衣，露出闪闪发亮的铠甲。他们从腰际拔出两个小红旗，向台底一挥动，一批楚国的“文官”，立刻剥去外衣，一个个全变成了武士，蜂拥扑上台来。台上的各国诸侯吓得魂不附体。楚国人不由分说地把宋襄公拖了去，公子目夷趁乱成一团时，一溜烟跑了。

后人用“欺软怕硬”比喻欺负软弱，害怕强横。

齐王赐药

典出《艾子杂说》：艾子事齐王，一日，朝而有忧色。宣王怪而问之。对曰：“臣不幸，稚子属疾。欲谒告，念王无与图事者，所朝；然心实系焉。”王曰：“盍早言乎？寡人有良药，稚子顿服其愈矣。”遂索以赐。艾子而归。饮其子，辰服，而巳卒。他日，艾子忧甚。王问之故，戚然曰："卿丧子可伤，赐黄金以助葬。"艾子曰："殇子不足以受君赐，然臣将有所求。"王曰："何求?"曰："只求前日小儿得效方。"

艾子侍奉齐宣王。一天，朝见宣王的时候，脸上露出了忧郁的神色。齐宣王感到奇怪，就问他是什么原因。艾子回答道："我不幸，我的孩子正在害病。我想把情况报告您并请个假，但又想到您身旁没有商量国事的人，所以来朝见您；但我心里却是惦念着孩子。"宣王说道："你何不早点儿说呢？我有一种很好的药方，你的孩子吃了它，病一下就会好的。"说罢就向手下的人把药要来赐给艾子。艾子拜受了宣王的药物，并带回家，给他的孩子吃了。

千辛万苦

典出明·冯梦龙《东周列国志》四十五回：咄！孺子不知事如此，武夫千辛万苦方获此囚，乃坏妇人之片言耶？放虎归山，异日悔之晚也。

战国时代，秦晋两国在崤山打了一仗。晋军军师先轸率领晋军打败了骄横的秦军。俘虏了孟明视等秦军三帅。得胜回朝之后，晋襄公打算将孟明视等三人献于太庙，然后施刑，以表战功。这时母夫人嬴氏听说她娘家秦国的三将被俘，不觉大吃一惊，于是便去劝襄公说：“秦晋两国世为婚姻，相与甚欢，何不放他们回国，让秦国去处置他们。”襄公不听。嬴氏继续劝说道：“败兵者死，国有常刑，秦国难道就没有军法吗？何况过去惠公被执于秦国之时，秦君以礼相待，并放他回国；别人对我们有礼，我们为什么一定要杀俘虏呢？这岂不显得我们太无情了吗？”襄公听了母夫人之言，不禁有动于衷，思前想后，他心中十分难受。不放吧，这是母亲之言，不能让母亲难过，放吧，后果又是如何？很难预料。他想到秦晋两国的旧情，终于把他们放了。那时先轸正在家里吃饭，他得知此事，怒不可遏地把刚吃进嘴里的饭吐了出来，立即去见晋襄公。他怒气冲冲地问襄公道：“秦国的囚犯在哪里？”襄公回答说：

心居魏阙

“母夫人请放归即刑，寡人已从之矣。”（意思是：母夫人请求放他们回去，让秦国去处置他们，我已遵照母夫人的意思把他们放了。）先轸听了，非常气愤，呸的一声，吐了襄公一脸口水，大声说道：“咄！孺子不知事如此，武夫千辛万苦方获此囚，乃坏妇人之片言耶？放虎归山，异日悔之晚也。”（意思是：呸，你这小子，竟不懂事到这步田地。我们费了九牛二虎之力才把他们捉住，你竟听妇人的只言片语把他们放了，这叫放虎归山，将来你后悔就太晚了。）先轸的话一完，晋襄公马上派人去追，哪里还能追得到呢！

事后，先轸觉得唾襄公之面，实在太过分了，便去向襄公赔罪！他诚恳地说：“臣忿秦帅之归，一时怒激，唾君之面，无礼甚矣。”（意思是：我对放走秦军三帅一事，一时非常愤怒，吐了您国君的口水，实在太无理了。）襄公非常自若地说：“你为国家大事发怒，是忠于国家之情所激起的，我哪能不原谅你呢？”史臣为此以诗赞襄公道：

妇人轻丧武夫功，
先轸当时怒气冲。
试面宏言无愠意，
方知嗣伯属襄公。

后人用“千辛万苦”表示经历了很多辛苦。

前途亦雨

典出《笑笑录》：有徐行雨中者，人或迟之。答曰："前途亦雨。"

有一个人在雨中慢条斯理地走路。别人说他太迟缓了。他回答说："前面的路上也在下雨嘛。"

这个故事说明：遇到困难，不积极想法克服，而采取消极拖延态度，就像这个在雨中徐行的人。

亲痛仇快

典出东汉时朱浮写的《与彭宠书》：凡举事无为亲厚者所痛，而为见仇者所快。

据《后汉书·朱浮传》记载：朱浮是东汉时的一位将军，曾任幽州牧（官名）。朱浮有一个下属叫彭宠，当时任渔阳太守。彭宠为人骄矜自恃，不服从朱浮的命令。朱浮向皇帝刘秀密告彭宠不孝并受贿。彭宠听说以后非常生气，兴兵攻打朱浮。朱浮写了一封很长的信责备彭宠。说有意见可以到朝廷讲理，不应该兴兵动武，无论做什么事情，都不要使自己的亲友痛心，而让自己的仇敌高兴。

后人用“亲痛仇快”这个典故比喻使亲者痛心，使仇人快意。这一成语有时也写作“无使亲痛仇快”，说明办什么事情，不能对敌人有利，而不利于自己一方。

群蚁观鳌

典出《苻子》：东海有鳌焉，冠蓬莱而浮游于沧海，腾跃而上则干云，没而下潜于重泉。有红蚁者闻而悦之，与群蚁相要乎海畔，欲观鳌焉。月余日，鳌潜未出。群蚁将反，遇长风激浪，崇涛万仞，海水沸，地雷震。群蚁曰：“此将鳌之作也。”数日，风止雷默，海中隐如岳，其高概天，或游而西。群蚁曰：“彼之冠山，何异我之戴粒？逍遥封壤之巅，归伏乎窟穴也。此乃物我之适，自己而然，我何用数百里劳形而观之乎？”

浩瀚的东海里有一只大鳌，它头顶着蓬莱仙山，在大海中浮游。有时跃起飞腾，冲上云霄，有时沉没下潜，直入海底。

陆地上有一只红蚂蚁听说大鳌的壮举，不胜惊喜，就相约一群蚂蚁来到海岸，想好好看看，开开眼界。它们等了一个多月，大鳌潜没未出。将要回去的时候，突然海风鼓荡，掀起了万丈波涛，整个大海沸腾起来，雷鸣般地震撼着大地。这群蚂蚁喊道：“啊，这回大鳌就要出来了。”

几天以后，风止浪息，海岸也平静下来，只见水面上隐隐约约，升起一座齐天的高山，时而还向西游动。这群蚂蚁伸头探脑看了一阵，大发议论道：“嘿嘿，它头顶高山与我们头顶米粒有什么两样呢？我们逍遥自在地在地上爬行，回到洞中歇息。这是各得其所，从来如此。又何必白费体力奔波数百里来看它呢？”

后人用“群蚁观鳌”这个典故告诫人们，要认真学习一点东西，首先要从不自满开始。自以为是、目空一切是不会有所收获的。

肉食者鄙

典出《艾子杂说》：艾子之邻，皆齐之鄙人也。闻一人相谓曰："吾与齐之公卿，皆人而禀三才之灵者，何彼有智，而我无智？"一曰："彼日食肉，所以有智；我平里食粗粝，故少智也。"其问者曰："吾适有粜粟钱数千，姑与汝日食肉试之。"数日，复又闻彼二人相谓曰："吾自食肉后，心识明达，触事有智，不徒有智，又能穷理。"其一曰："吾观人脚面，前出甚便，若后出岂不为继来者所践？"其一曰："吾亦见人鼻窍，向下甚利，若向上，岂不为天雨注之乎？"二人相称其智。艾子叹曰："肉食者其智若此。"

艾子的邻居们，都是齐国粗俗的人。

听见一个人对另一个人说："我和齐国的公卿大夫，都是人，也都禀受了天、地、人三才的灵智，为什么他们就有智慧，我就没有智慧呢？"

另一个人说："他们天天吃肉，所以有智慧；而我们平日尽吃些糙糠，所以缺少智慧呀。"

那个问话的人说："我恰好有粜米的钱数千，姑且让我们天天吃些肉试试看。"

过了几天，又听见那两个人对话说："我自从吃肉以后，心志清楚、聪明通达，碰见什么事情都有智慧，不仅有智慧，而且还能穷尽其道理。"

其中一人说："我观察到人的脚面，向前出甚为便利，如果向后出，岂不要被跟随来的人踩着吗？"

其中另一人说："我也发现人的鼻孔向下长着甚为便利，如果向上长，岂不要被天下落下的雨水灌注进去吗？"

两个人便互相称颂起他们的才智来了。

艾子听后感叹着说："唉！吃肉人的智慧，不过如此罢了！"

后人用这则寓言说明人的智慧，主要依靠主观努力，通过社会实践的锻炼，通过理论学习的修养而培养出来的。决不取决于吃肉的多少。《左传》庄公十年，记载曹刿论战，曾指出："肉食者鄙，未能远谋"。意思无非是说那些养尊处优、做官当老爷的人，由于脱离实际和群众，往往变得十分愚蠢；相反，倒是整天在现实斗争中磨炼的小人物，往往具有无穷的智慧。人们常说，惟卑者最聪明，也便是这种道理。在这里，齐之鄙人要为肉食者翻案；为了证明他们这翻案文章作的有理，他们，自己也天天吃起肉来，结果，“不徒有智，又能穷理”：发现脚向后出、鼻孔向上的大道理，从而“二人相称其智”。这便用实际行动再一次证明“肉食者鄙，未能远谋”的论断了。

如获石田

春秋末年，吴国国王夫差，打败了越国，置为藩属。后来，吴王夫差又准备起兵侵略齐国，越王勾践率领着一班部属去朝见吴王饯行，对吴王和吴国的各大小官员，都送上不少礼物。吴王和官吏们均喜出望外，以为越王勾践对吴国已经真的忠心了。只有吴国的一位谋臣伍子胥，抱着恐慌的心情对大众说道：“这是利用贿赂博取我们的欢心，松懈我们的意志，把吴国养肥之后才宰割罢了。”他于是劝说吴王，说道：“越国才是我吴国真正的心腹之患呢！他们领土的广阔，差不多和我国相等，对我国早已有了特别的企图，他们愈是做成软弱服从的样子，愈显出他们内里是蕴藏着阴谋啊！不如及早把它彻底消灭了。否则，即使我们打胜了齐国，也等于获取了一块石田，这是不能垦种，一点用处都没有的啊！我们不毁灭越国，越国将来会吞灭我们呢！”吴王不听从他的献计，后来吴国终于被越王灭掉。

在春秋时代，中国内部分封各诸侯的结果，逐渐形成了割据和互相侵略吞并的局面。到了春秋末年，吴和越都是怀有侵略意图的国家，他们谁灭了谁，都不会使百姓觉得高兴。只是伍子胥那一番话，却充分地显出他的先见之明。因为齐国距吴国较远，取得了也难于保有，所以拿没有泥土的石田来作比喻。

后人嘲笑得无所用时，常常说“如获石田”，就是根据这个故事而来的。

儒不博弋

典出《韩非子·外储说左下》：齐宣王问匡倩曰：“儒者博乎？”曰：“不也。”王曰：“何也？”匡倩对曰：“博者贵枭，胜者必杀枭；杀枭者，是杀所贵也，儒者以为害义，故不博也。”又问曰：“儒者弋乎？”曰：“不也。弋者从下害于上者也，是从下伤君也，儒者以为害义，故不弋。”又问：“儒者鼓瑟乎？”曰：“不也。夫瑟以小弦为大声，以大弦为小声，是人小易序，贵贱易位，儒者以为害义，故小鼓也。”宣王曰：“善。”

战国时期，齐国有一个国君，姓田，名辟疆，史称齐宣王。齐国有一个将领叫匡倩，是儒家学派的人物。

有一次，齐宣王问匡倩说：“儒家下棋吗？”匡倩回答说：“不。”齐宣王问：“为什么呢？”匡倩回答道：“下棋的人把枭当做最尊的棋子，而得胜的一方一定要把对方的枭子杀掉。杀掉枭子就意味着杀死人们所尊贵的人，儒家认为这样做就等于伤害礼义，所以儒者从不下棋。”宣王又问：“儒家射鸟吗？”匡倩回答道：“不。因为射鸟是猎人从下边杀害上边的鸟，这意味着臣下伤害君上。儒家认为这样做也是伤害礼义的，所以不射鸟。”宣王又问：“儒家鼓瑟吗？”匡倩回答道：“不。因为瑟是用小弦发出大声，用大弦发出小声。这意味着颠倒大小的次序，使贵和贱之间相互变易了地位。儒家认为这样做也是伤害礼义的，所以不鼓瑟。”齐宣王听了匡倩的话之后，很高兴地说：“你说得真好。”

“儒不博弋”就是从这个故事来的。博：古代的一种棋类游戏。弋：用带丝绳的箭射鸟。“儒不博弋”的意思是，儒家不下棋，也不射鸟，以免伤害礼义。后来，人们用“儒不博弋”一词比喻拘泥守旧，恪守成规，思想陈旧，不知变革的行为。

儒子驱鸡

典出《申鉴·政体》：儒子驱鸡者，急则惊，缓则滞。方其北也，遽要之，则折而过南；方其南也，遽要之，则折而过北。迫则飞，疏则放。志闲则比之，流缓而不安则食之。不驱之驱，驱之至者也，志安则循路而入门。

一个书生在那里赶鸡。他追得急了，鸡受惊乱窜；赶得慢了，鸡又停住观望。

儒子驱鸡

鸡刚要向北，他突然拦截，便掉头跑到南边去了。鸡刚要往南，他又一拦，鸡又回身向北跑去。当他迫近时，鸡就扑打着翅膀飞去；当他远离时，鸡又漫不经心地随意走动。

应该是在鸡安闲的时候，接近它。当鸡徘徊不定、神情不安时，用食物去喂它。不要硬赶而去诱引，才是赶鸡的最好方法。鸡安详不惊，自己就会顺路回家。

后人用“儒子驱鸡”这个典故嘲笑那些书呆子，不讲究方式方法，因势利导，故乱折腾，一事无成。

善治伛者

典出《笑林》：平原人有善治伛者，自云：“不善，人百一人耳。”有人曲度八尺，直度六尺，乃厚货求治。曰：“君且（如之）。”欲上背踏之。伛者曰：“将杀我。”曰：“趣令君直，焉知死事。”

平原郡有个善治驼背的人。他到处自我吹嘘说：“治不好的，一百个人里不过一、二个。”

有个驼背的人，顺着弯曲的身体量长八尺，由头至脚垂直量高六尺，特地带着很多钱，请求治疗。善治驼背的人说：“请你面朝下躺着吧。”说着就要上背去踩。驼背的人一见惊恐万分，叫道：“这不是要我的命吗?”善治驼背的人说：“我只管尽快弄直你的驼背，不管死活。”

后人用“善治伛者”这个典故指那些打着善治的招牌，到处招摇撞骗，干的却是害人的勾当的人。

失其故步

典出《汉书》：昔有学步于邯郸者，曾未得其，又复失其故步，遂匍匐而归耳。

从前，有一个人到邯郸去学习步法。他连邯郸人走路的大概样子也没有学到，反而把自己原来的步法也忘记了。结果，就只好爬着回去。

这则寓言来源于《庄子·秋水》。它辛辣地讽刺了那种生搬硬套的学习方法，模仿别人不成，反而忘记了自己固有的东西。

恃胜失备

典出《梦溪笔谈·权智》：有僧遇强寇，斗。矛刃方接，寇先含水满口，忽其面，其人愕然，刃已堪胸。后有一壮士，复与寇遇，已先知水之事，寇复用之。水才出口，矛以洞劲。盖已陈刍狗，其机已失，恃胜失备，反受其害。

有个人曾遇到一个强盗，双方格斗起来。刀枪并举，刚刚交锋，强盗把事先含着的一口水猛然喷到他的脸上。这人毫无提防，惊愕失措，就在这一刹那，强盗的刀尖戮进了他的胸膛。

后来，有个壮士又遭遇了这个强盗，壮士早已知道强盗喷水的花招，而强盗却又重演故伎，他口里的水刚刚喷出，壮士的长矛已经刺穿了他的脖子。

那种过时的东西，秘密已经泄露，还想倚仗它取胜，结果失去戒备，反受了它的害。

后人用“恃胜失备”这个典故告诉我们，凭着一点偶然成功的经验，沾沾自喜，相沿袭用，往往反受其害。

就像这个强盗靠喷水暗算了一个人，还想故伎重演，继续暗算于人，结果被人识破，反送了自己的性命。

守株待兔

典出《韩非子·五蠹》：宋人有耕者，田中有株，兔走触株，折颈而死。因释其耒而守株，冀复得兔。兔不可复得，而身为宋国笑。

宋国有一个人正在耕田的时候，忽然看见有一双兔子从田里疾奔过去，不知怎得碰在树根上，折断颈骨死了。于是这人立即摔掉耕具，跑到树底下，很高兴地把兔子拾了起来，并且就守在这树根的旁边，等着再拾到兔子。可是，这兔子碰在树根上死了，是一件非常偶然的事情，怎么会还有死兔子让他去拾呢！

这故事对于某些人的处事态度，有恰到好处的讥讽；所以后来的人就根据它引申成“守株待兔”，用来嘲笑那些死守规矩，不知变通，终于要招致失败的人。

蜀犬吠日

典出《答韦中立论师道书》：屈子曰："邑犬群吠，吠所怪也。"仆往闻庸、蜀之南，恒雨少日，日出则犬吠，余以为过言。前六七年，仆来南，二年冬，幸大雪，逾岭被南越中数州，数州之犬，皆苍黄吠噬狂走者累日，至无雪乃已。然后始信前所闻者。

蜀犬吠日

唐代作家柳宗元在《答韦中立论师道书》中写道："屈原（战国时期的大诗人）在《九章·怀沙》中说：'一地的狗群起而叫，是向它们觉得怪异的东西狂吠。'我听说古代庸国、蜀国的南部，阴雨连绵，很少见到太阳。太阳偶尔出来，那儿的狗看到了，觉得很奇怪，就对着太阳狂吠起来。我认为这种说法未免言过其实了。六七年前，我来到南方。元和二年（公元 807 年）冬季，偶尔下了一场大雪，覆盖了山岭和南方数州，这几个州的狗见到大雪，都惊慌不安，狂吠着、噬咬着、狂奔乱跑，这种情形一直持续存在数日，直到雪过天晴、大雪消融为止。我目睹这种情形后，才相信从前听说的群犬吠日的事情是可信的。”

“蜀犬吠日”就是从这个故事来的。蜀：古国名，在今四川省。吠：狗叫。人们用“蜀犬吠日”比喻少见多怪。

鼠肝虫臂

典出《庄子·大宗师》：俄而子来有病，喘喘然将死，其妻子环而泣之。子犁往问之，曰：“叱！避！无怛化！”倚其户与之语曰：“伟哉造化！又将奚以汝为，将奚以汝适？以汝为鼠肝乎？以汝为虫臂乎？”

子祀、子舆、子犁、子来 4 个人都是达观生死的高士。这 4 个人互相谈论说：“谁能情同淡水，置生死于度外，我就同他结成好朋友。”4个人相视而笑，互相心领神会，遂结交为好朋友。不久，子舆生病，弯腰曲背，头都抬不起来，脸色也十分难看。子祀前去问候说：“您对生病感到厌恶吗?”子舆回答道：“不，我有什么可以厌恶的呢！老天高高在上，昼与夜不断地变化。何况人居世间，怎能没有生死的变化！我怎能对死亡感到厌恶呢?”

又过了不久，子来生病了，气喘吁吁，就要死了，他的妻子儿子围着他哭泣。子犁前去慰问，说：“去！你们统统给我走开！不要惊动了正在变化的人！”子犁倚着门对子来说：“伟大极了，大自然的造化！又要把你变化成什么，要把你变化到哪里去呢？让你变成鼠肝呢？还是让你变成虫臂呢?”

“鼠肝虫臂”就是从这个故事来的。人们用它指微不足道的事物。

数典忘祖

典出《左传·昭公十五年》：籍谈不能对。宾出，王曰：“籍父其无后乎，数典而忘其祖。”

好讨便宜

有一年，晋国的籍谈作为副使跟随荀跞去成周参加葬礼。安葬穆后的葬礼完成后，周天子脱掉丧服，与客人们饮酒。

酒宴上，周天子使用鲁国进贡的宝壶作酒杯斟酒，别有用心地询问籍谈：

“诸侯各国都有礼器进献王室，单单你们晋国没有，这是为何呀?”

籍谈恭敬地回答道：“早年诸侯受封的时候，都接受了王室的宝器，可晋国没有接受。晋国远在深山，与戎人和狄人为邻，远离王室，天子的威福不能达到，所以不能奉献宝器。”

“咦？不对，不对，”周天子不满地说。“晋国的始祖唐叔是周成王的同胞兄弟，岂能分不到宝器？唐叔接受了文王的鼓和车，接受了武王的皮甲……还有斧钺、香酒、红色的弓、勇士，你们都接受过。这些难道不是周王室对晋国的威福？你忘记了，亏得你的先祖还是掌管典籍的官呢！你既然是司典的后代，为什么忘掉这些呢？”

籍谈张口结舌，一时不知说什么好，只好沉默不语。

周天子送走了客人以后，对大臣们说：

“我看籍谈的后代恐怕不能享有禄位了吧，他举出了典故却忘记了祖宗……”

籍谈回国后，将这事报告了大夫叔向。叔向不以为然地说：

“我看天子恐怕不得善终，他把忧愁当快乐，吊丧时候他和宾客饮酒作乐，还向人家要宝器，他也太不知礼法了！他背出的典章再多又有什么用处？”

“数典忘祖”这句成语就是由这里来的，原意是说，忘记了事物的本源。现在一般用它比喻忘本，有时候也用它比喻一个人对自己国家的历史一无所知的人。

贪小失大

典出《吕氏春秋·权勋》：贪于小利以失大利者也。

古时蜀国（今四川）是一个很富庶的地方，沃田遍野，谷满仓库，金银财帛，更是数不胜数。可是蜀侯却是个贪得无厌的人，还想要更多的金钱、美女。

秦国是蜀国的邻国，秦惠王见蜀国如此富有，早有吞并的野心，只因两国交界之处，不是悬崖，便是险道，很难出兵进攻。后来，秦惠王针对蜀侯贪便宜的个性，命人雕刻一头大石牛，披红绸、戴绿花的把它放在通往蜀国的道路上，并不断的往前移；同时，又派人在石牛去过的路上放置了一块块的黄金。而且放出风声说这是一头会排泄黄金的金牛，一面派人向蜀侯说，为了两国的友好，愿将金牛送给他。

蜀侯信以为真，便派了身强力壮的近卫军去开山填谷，筑起一条路来让金牛通过，秦军等路开好了，便顺着新路迈进，将蜀国消灭了。蜀侯为了贪小利，连国家也失去了。

后来的人便将这段故事的最后一句“以贪小利失其大利也”简化为“贪小失大”一句成语，用来形容贪图小的便宜，遭受大的损失。

螳臂当车

典出《庄子·人间世》：汝不知夫螳螂乎，怒其臂以当车辙，不知其不胜任也。

螳螂是一种昆虫，它的形状是头部成三角形，眼珠凸出，触角很长，像两条鞭，前胸细长，腹部肥大，前脚特别发达，像两柄有齿牙的镰刀。“螳臂当车”一句成语，是出于《庄子》：犹螳螂之怒其臂以当车辙，不知其不胜任矣。这句话的意虽然有雄壮的气势，但是力量单薄，对于事情没有什么作用。

后来人用“螳臂当车”比喻不自量力的人。

田夫擅功

典出《战国策》：韩子卢者，天下之疾犬也；东郭逡者，海内之狡兔也。

韩子卢逐东郭逡，环山者三，腾山者五，兔极于前，犬废于后，犬兔俱罢，各死其处。

田父见之，无劳倦之苦，而擅其功。

韩子卢，是天下善跑的猎狗；东郭逡，是海内有名的狡兔。

子卢追赶东郭逡，绕着山岗追了三圈，上山下山赶了五趟。兔子在前面舍死逃跑，猎狗在后面拼命追赶。狗和兔直跑得精疲力尽，都活活地累死在山上。

有个农夫看到了，没有费半点力气，就把它们捡回来了。

这则寓言，是淳于髡用来劝阻齐宣王攻打魏国的。如果齐魏交战，长期不下，那么，强大的秦国和楚国就会像田父一样，得到意外的收获。齐宣王听了就打消了攻打魏国的念头。后人遂用“田父擅功”比喻得不偿失，利益为第三者占有。

同室操戈

典出《左传·昭公元年》。《后汉书·郑玄传》：（何）休见而叹曰："康成入吾室操吾矛以伐我乎？"

春秋时，郑国大夫徐吾犯的妹妹长得貌如天仙，举止文静。郑国的公孙楚和公孙黑两兄弟都相前去求亲。公孙楚先送去订婚的聘礼，徐吾犯答应了。公孙黑再送去聘礼时，徐吾犯只好婉言谢绝。不料公孙黑竟威胁说："如果你不答应，我将派人来抢你妹妹。"

徐吾犯对此忧心忡忡，公孙家族在郑国势力强大，怎么敢得罪呢？他将此事告诉了子产，子产说："公孙兄弟应该以礼相让，怎么急起来了呢？这是郑国政治混乱的表现啊！事已如此，不如让你妹妹自己决定。"

于是，徐吾犯请来了公孙兄弟，然后让妹妹在帘幕内观察。公孙黑穿得鲜艳华丽，一副贵公子的派头，出门时向徐家的人施舍了不少钱财。公孙楚一身戎装，左手握弓，右手拿箭，出门时向上一箭射中天上的一皂鸟，向下一箭射死池中的游鱼，然后跳上战车奔驰而去。

徐吾犯的妹妹说：“公孙黑的确英俊，但缺乏大丈夫的气概，男人应该有男人的样子，女人应该有女人的样子，夫妇才能和顺。”最后，她嫁给了公孙楚。

公孙黑不服。一天，他全副武装闯进楚家，要杀弟弟，夺他妻子。公孙楚大怒，手握长矛向哥哥刺去，两人就在室内拼斗起来，最后，公补黑斗败负伤逃跑。

后人将公孙兄弟相斗的事概括成“同室操戈”的典故，比喻已经激化了的家庭内部矛盾或社会内部纷争。

徒劳无功

典出《庄子·天运》：是犹推舟于陆也，劳而无功、

春秋时，孔子有一次准备去卫国，他的学生颜回觉得此行前景难料，就去问鲁国官吏师金。他说：“我的老师到处游说，劝人家接受他的政治主张。可是到处碰壁。这次去卫国，你估计情况怎样？”师金摇摇头说：“恐怕还是不行。”颜回说：“为什么呢？”师金叫颜回坐下，然后对他说：“我打个比方吧。人们用狗供奉祖先时，用篮

徒劳无功

子装好，下面垫上草，再用绣花布包好，然后放在案桌上。巫师在一边叽哩哇啦地念。这时的狗真神气！但祭祀之后，谁也不管这只死了的狗，过路的人踩它的脊梁，想吃的人把它的肉割下来烧烤，另一些人把包狗的布用来当枕头，睡觉时枕在下面。今天的孔子，就像祭礼子祖先的狗一样。”

颜回不满意师金的比喻，说道：“还不至于如此吧？”师金说：“怎么不至于如此。孔子去宋国，宋人就把孔子乘凉的那棵树也砍了；孔子去卫国，卫人将不会理睬他；孔子曾去陈国和蔡国，饿了七天得不到东西吃，多少次面临死亡。本来是船行水中，车行陆地，可孔子呢，他却在陆上行船，水中行车，虽然用尽了力气，却劳累而无功劳，自身也遭受祸害（“劳而无功，身必有殃”）。”

师金又说：“吴国的美女西施曾心痛，她皱着眉头，捧着胸口，但依然美丽。

村里一个丑的女子东施见了，也装着皱眉捧心的样子，结果大家都关闭家门远远地躲避她，丑女子见西施皱眉也效仿皱眉，却自讨没趣味。孔子就是那丑女子啊!”

颜回听了，低头不语，告别了师金。

后人用“徒劳无功”或“劳而无功”比喻白费力气，不见成效；以“东施效颦”比喻没有条件而胡乱模仿，反而学了别人的不足之处。颦：皱眉的意思。

屠门大嚼

典出《新论》：人闻长安乐，则出门向西而笑；知肉味美，则对屠门而大嚼。

有个人听说长安繁华热闹，便走出门去向西漫步，一边做出左右流眄的样子，一边兴高采烈地畅怀大笑。

他知道肉味鲜美，于是跑到屠户门前，一面大口咀嚼，一面不停地啧啧赞赏。

后人用“屠门大嚼”的这，个典故嘲笑那些唯心主义者，离开客观存在的实际，企图凭主观想象得到满足。“屠门大嚼”，只能自己欺骗自己，画饼充饥的办法解决不了任何实际的问题。

玩火自焚

典出《左传·隐公四年》：夫兵，犹火也；夫戢，将自焚也。

春秋时，卫国有一个叫州吁的人，是卫庄公的宠妾所生的儿子。此人喜欢谈兵黩武。庄公死后，桓公继位。公元前719年，州吁杀死桓公，自立为君。并联合宋、陈、蔡等国攻打郑国。鲁隐公问大夫众仲州吁前途如何，众仲回答说：“逞强好战，就好比玩火，如不急时收敛，结果必然把自己烧死。”后来，州吁果然被卫国大夫石诱到陈国，被陈人杀死。

后人用“玩火自焚”这个典故比喻干冒险的或害人的勾当，最后受害的还是自己，有搬起石头打自己的脚之意。这句成语有时也写为“玩火者必自焚”。多含贬意。

王皓失马

典出《雅谑》：王皓性迂缓，曾从齐文宣北征，乘一赤马，平旦蒙霜，遂不复识，自言失马。虞侯遍求不获。须臾，日出，马体霜尽，依然系在目前，方云：“我马尚在。”

王皓生性迟钝，曾经跟随北齐文宣帝北伐，他乘坐的那匹红马，一天早晨蒙上了一层白霜，便不认识了，对人说他的马丢了。虞侯到处都找遍了，也没有找到。不一会，太阳出来，马身上的霜消了，原来照旧拴在面前。王皓这才说：“我的马还在哩！”

后人用“王皓失马”的这个典故告诉人们，如果被假象所迷惑，就不能正确认识事物。

王子训獐

拒谏饰非

典出《壮悔堂文集·悯獐》：客有过侯子以獐献者，侯子曰："獐可训乎？"客曰："夫至德之世，兽可同群而游，今子无乃有所不信耶？而何獐之疑欤？"侯子曰："然。"营室而授獐焉。已而獐呦呦焉，其鸣之悄以思；嗥嗥焉，共号之穷以悲也。又夜则以首抢其户，或视这，瞿然而惊，类于人多有所不可者。仲凫王子闻之曰："子之不善于獐也审矣。

曷以授予?”侯子曰:“子之庭有二物焉,其大者类西旅氏之獒,而小而骏者韩之卢之裔也。是皆有欲于獐。奈何?”王子輾然而笑曰:“子非特不善于獐也,又且不知吾之卢与西旅氏。吾将导獐而见之二氏,浸假而共以牢为食,浸假而共寝以为处,浸假而相与为友,而日以益善。予因而安之,岂更害哉?”侯子曰:“虽然,曷使童子守之?而犹授獐以索。”王子默然不应。

后三日,王子以告曰:“吾废吾童子矣,视二氏之貌,且翦翦焉适矣。”又居三日,王子以告曰:“吾废吾索矣,视二氏之情,且煦煦然亲矣。虽然,獐犹有间焉。”又居三日,王子以告曰:“獐无间矣,与二氏者为一矣。”又居三日,而西旅氏伺獐之寝也,噬其吭,韩之卢拉其胁,獐竟以死。

一位客人途径侯子的家,送给它一只獐。侯子问:“獐能够训养吗?”客人回答说:“天下大乱的时代,那些彼此争斗的猛兽也能成群结队,和睦游戏。这点,您不会不相信吧,怎么还怀疑獐不能训养呢?”侯子点头道:“说的有理。”于是,修建了一个房屋,把獐接受下来。

獐被养起来后,有时呦呦鸣叫,声音低悄,似乎在寄托衷思;有时又嗥嗥号叫,声音高亢,像是在悲叹自己的穷途末路。到了夜晚,就用头碰撞门窗,有人去看看,好像又惊动了它似的,非常害怕。獐子的这种心情,虽然很像人，但恐怕也是难以训养的。

仲皋王子知道这件事后，就对侯子说：“看来，你不善于训獐是很明显的了，何不把它送给我呢?”侯子担心地说：“您家院子里有两个东西，那只大的如同西旅氏的猛狗，小而俟美的好像古代良犬韩卢的后裔，它们都想吃獐那怎么办呢?”王子哈哈大笑说；“您这个人不仅不善于训獐，也不了解我那两只狗。您等着瞧吧，我将引您的獐去见它们，让它们慢慢同牢共食，渐渐同窝共睡，逐步交成朋友，而一天比一天亲密。我就是要用这样的办法使你的獐子生活得更安定、美好，怎么会让它受到伤害呢?”侯子仍然不放心，嘱咐说：“虽然如此，您还是让童仆守着它，用铁索拴住它。”王子不以为然，没有作声。

三天以后，王子派人来告诉侯子说：“我已经不让童仆看守了，那两只狗看见獐平静安适，毫无举动。”又过了三天，派人来告诉说：“我把铁索也去掉了，现在两只猛狗表情兹祥，开始亲近獐了。只是獐对它们还存有戒心。”三天又过去了，王子又转告侯子说：“现在獐已经解除了顾虑，和那两只狗亲密无间，打成一片了。”

可是，又过了三天，两只猛狗等獐熟睡后，就开始行凶了。那只大的猛然扑去一口咬住獐的喉咙，小的用力撕扯肋条，那只獐竟被它们活活咬死了。

后人用“王子训獐”的这个典故告诉人们，反动阶级的本性是不会变的，虽然它们有时也会装出一副慈悲善良的面孔，但只是为了解除人们的思想武装，一旦有机可乘，便会凶相毕露，作恶为害。

枉学屠龙

典出《庄子·列御寇》：朱泙学屠龙于支离益，单千金之家，三年技成而无所用其巧。

有个人名叫朱泙。他拜支离益为师，学习宰龙的本领。

结果，耗尽了千金的家产，花费了三年时间，终于学成了。

然而，由于无龙可杀，朱漫苦苦学来的本领，竟没有丝毫用处。

后人用“枉学屠龙”的这个典故告诉我门：学习的目的，全在于应用。如果离开了这一点，即使学得再高超的本领，也是毫无用处的。

妄自菲薄

典出诸葛亮《出师表》：诚宜开张圣听，以光先帝遗德，恢弘志士之气，不宜妄自菲薄，引喻失义，以塞忠谏之路也。

三国时，蜀汉的开国皇帝刘备于建兴元年（公元223年）病死，其子刘禅继位。建兴五年（公元227年），诸葛亮准备出师北伐曹魏。临行前，他为了消除后顾之忧，给后主刘禅上了《出师表》，对蜀中各方面作了通盘考虑，适当安排。表中反复劝勉刘禅发奋有为，励精图治，赏罚分明，亲贤使能，虚心纳谏，以完成刘备“兴复汉室”的未竟之业。表中写道：陛下应当兼听各方面的意见，振奋自己的士气，不应当妄自菲薄，说一些无原则的话，以致堵塞批评者进谏的道路。

虽然诸葛亮对刘禅寄予很大的希望，但刘禅是位扶不起的天子。诸葛亮死后，他信任宦官黄皓，朝政日趋腐败，终于炎兴元年（公元263年）投降魏军、

后人用“妄自菲薄”指毫无根据地看轻自己。指自

轻自贱。

我今何在

典出刘元卿《应谐录》：一里尹管解罪僧赴戍。僧故黠。中道，夜酒，里尹致沉醉酣睡。已取刀其首。改绁己索，反绁尹项而逸。凌晨，里尹寤，求僧不得，摩其首，义索在项，则：大诧惊曰："僧故在是！我今何在耶？"

有个里长押解一名犯罪的和尚到边境去服役。和尚本来很狡猾。走到半路上，夜里喝酒，里长喝得大醉，睡得很熟，和尚就取刀剃光他的头发，然后把拴自己的绳索，反转来拴在里长的脖子上，就逃跑了。天刚亮，里长醒来了，找和尚找不到；摸摸自己的头光光的，又有绳索套在脖子上，于是大为惊讶，说："和尚本来在这儿！我如今在哪里呀？"

这篇寓言讽刺那些玩忽职守、丧失警惕，忘掉了自己究竟是什么的人。

吴王射狙

典出《庄严·徐无鬼》：吴王浮于江，登乎狙之山。众狙见之，恂然弃而走，逃于深蓁。有一狙焉，委蛇攫抓，见巧于王，王射之，敏给搏捷矢，王命相者趋射之，狙执死，

王顾谓其友颜不疑曰：“之狙也，伐其巧，恃其便，以敖予，以至此殛也！戒之哉！”

吴王游长江，登猴山。一群猴子看见他，惶恐地扭头就跑，逃到深深的树丛中去。

有一只猴子，从容自得地抓取东西玩要，向吴王卖弄它的灵巧。吴王射它，一支支箭都被它敏捷地接住。吴王使命令左右随从一齐急速向它发射，这只猴子当即饮箭而死。

吴王回头对他的朋友颜不疑说：“这只猴子，自负它的灵巧，自恃它的敏捷，来对我表示傲慢，以致于这样丧命！拿它作为鉴戒吧！”

后人用“吴王射狙”比喻聪明常被聪明误。爱卖弄

自己的小聪明的人，往往被那小聪明所断送。

吾失足容

典出《权子·志学》：一人足恭缓步如之，偶骤雨至，疾趋里许，忽自悔曰："吾失足容矣，过不惮改可也。"乃冒雨还始趋处，纡徐更步过焉。

一个人迈着方步，四平八稳地走着。天降大雨，他小步快走了一里多路，心里猛然一动，自已后悔起来，说："啊呀，我有失行步的仪容。有错误不怕，改了就好。"于是，又冒雨返到开始快走的地方，重新迈着方步，四平八稳地走起来。

后人用"吾失足容"的这个典故讽刺那些墨守陈法、循规蹈距的人，就像这个讲究足容的人一样迂腐可笑。

梧台燕石

典出《太平御览》：宋之愚人，得燕石于梧台东，归而藏之，以为大宝。周客闻而观焉。主人端冕玄服以发宝，华匮十重，缇巾十袭。客见之，卢胡而笑曰：“此燕石也。与瓦甓不异。主人大怒，藏之愈固。

源源而来

宋国有个愚笨的人，在梧台的东边得到了一块燕石，回家后珍藏起来，认为自己得到了最好的宝贝。周地一位珠宝商人听到这事就来观看。这个人端端正正戴好帽子，穿上玄色的衣服，打开十层华丽的木柜，取下十层橘红色的丝绢。客人见到宝贝，捂嘴笑着说：“这是燕石呀，和瓦片砖块一样。”

笨人听到了大怒，将燕石藏得更加仔细了。

后人用“梧台燕石”的这个典故比喻假的就是假的，丑的就是丑的，无论怎样打扮也不会变成真的和美的。

五经扫地

典出《新唐书·祝钦明传》：帝与群臣宴，钦明自言能八风舞帝许之。钦明体肥丑，据地摇头稔目，左右顾眄，帝大笑。吏部侍郎卢藏用叹曰：“是举《五经》扫地矣！”

唐代人祝钦明，字文思，少通经典，被选拔为明经之士，任东台典仪。唐高宗（李治）永淳（公元 682～683 年）年间，拜为著作郎，任太子率更令。当时，李显（唐中宗）在东宫做太子，祝钦明兼侍读，教授太子读经。公元 684 年，唐中宗（李显）复位，祝钦明被提拔为国子祭酒、同中书门下三品。又任礼部尚书，封鲁国公。

有一次，唐中宗与群臣宴饮，祝钦明白告奋勇说，他能跳八风舞为陛下助兴，唐中宗答应了，他就跳了起来。祝钦明体形肥硕丑陋，踏着地面，摇头晃脑，两只眼睛大而突出，左顾右盼，惹得中宗大笑起来。吏部侍郎卢藏用叹息地说："真是把五经之士的脸都丢尽了！"

"五经扫地"就是从这个故事来的。五经：儒家的五部经典，指《易》、《尚书》、《诗》、《礼》、《春秋》。五经中的《礼》，汉时指《仪礼》，后世指《礼记》。《春秋》后来又和《左传》合并。人们用"五经扫地"比喻丧尽文人体面，即斯文扫地的意思。

五丈灌韭

典出《说苑·反质》：卫有五丈夫，俱负缶而入进灌韭，终日一区。邓析过，下车，为教之曰："为机，重其后，轻其前，命曰桥，终日溉韭百区不倦。"五丈夫曰："吾师言曰：'有机知之巧，必有机知之败。'我非不知也，不欲为也。子其往矣，我一心溉之，不知改已。"

卫国有五个男子，都背着瓦罐从井里汲水浇灌韭菜园子，从早到晚，一天辛劳，只能浇一畦。

郑国大夫邓析路经这里，看到他们笨重的劳动，便下了车，教他们说："你们可以做一种机械，后端重，前端轻，名叫桔槔。使用它来浇地，一天可浇百畦而不觉累。"

这五个人齐声说："我们的老师说过：'有使用机器的好处，一定就有使用机器的坏处。'我们并非不懂，而是不愿制作使用。你走你的路，我们一心使用瓦罐浇灌，决不更改！"

后人用"五丈灌韭"的这个典故比喻那些反对革新，固步自封拒绝接受先进经验、学习先进技术的保守派的写照。

乡人与虱

典出蒲松龄《聊斋志异》：乡人某者，偶坐树下，扪得一虱，片纸裹之，塞树孔中而去。后三年，复经其处，忽忆之，视孔中纸裹宛然。发而验之，虱薄如麸。置掌中审顾之。少顷，掌中奇痒，而虱腹渐盈矣。置之而归。痒处核起，肿数日，死去。

有一个乡下人，偶然坐在树底下，摸住了一个虱子。

他拿一片纸把虱子包了起来，塞进树洞里面，然后就离开了。过了三年，他又经过那个地方，忽然想起虱子来。看树洞里面，纸包依然在那里。他拆开纸包检查，见虱子薄得像麸皮一样。就把它放在乎掌中仔细观看。一会儿，觉得手心里特别痒，而虱子的肚子却渐渐饱满了。他放下虱子走回家去。痒的地方肿起了桃核一样大的疙瘩，肿了几天，就死了。

这篇寓言说明，对害人虫是绝对不能讲怜悯的，必须彻底消灭它。

秀才买柴

典出《笑赞》：一秀才买柴曰："荷薪者过来！"卖柴者因"过来"：二字明白，担到面前，

问曰：'其价几何?"因价字明白，说了价钱。秀才曰："外实丽内虚，烟多而焰少，请损之。"

卖柴者不知说甚，荷的去了。《赞》曰：秀才们咬文嚼字，干的甚事？读书误人如此。有一官府下乡，问父老曰："今年黎庶好，只是虫吃了些。"就是这买柴的

秀才。

有个秀才要买柴禾，叫道：“担柴的人过来!”

卖柴禾的人因为“过来”二字听得明白，就把柴禾担到秀才面前。

秀才又问道：“其价几何?”

因“价”字也能听得清楚，就对秀才说了价钱。

秀才看了看柴捆说道：“外实而内虚，烟多而火焰少，请损之!”

卖柴人不知道他说些啥，就挑起柴禾走掉了。

《赞》云：秀才咬文嚼字，干的啥事？死读书的人误人如此。有一个官员下乡，询问父老们说：“近年黎庶何如（这些年老百姓们日子过得怎么样）?”父老们说：“今年梨树长得好，只是被虫子咬了些。”看来这官员就是这买柴的秀才呀。

后人用这则寓言说明秀才读了几句书，就装腔作势，咬文嚼字，之乎者也，借以吓人。但是百姓却不买他们的账，卖柴人挑柴走掉，就是对秀才最好的答复。如果秀才咬文嚼字，那么他是买不到柴的，只能一边吃着生米、一边咬文嚼字了。

玄石戒酒

玄石戒酒

典出《郁离子·虞孚篇》：昔者玄石好酒。为酒困，五脏熏灼，肌骨蒸煮，如裂，百药不能救。三日而后释。谓其人曰："吾今而后知酒可以丧人也。吾不敢复饮矣。"居不能阅月，同饮至曰："试尝之。"始而三爵止。明日而五之，又明日十之，月明日而大爵，忘其故，死矣。

臭性之所耽，不能绝也。

过去有个叫玄石的人，特别好酒贪杯。有一次，他被酒醉倒了，酒力像火一样，熏灼他的五脏，蒸煮他的肌肉骨骼，身体像要裂开一样，各种药物都治不了。过了三天才解除。他对同伴说："我从今以后知道酒可以死人了。我再不敢饮酒了。停了不到一个月，饮酒的同伴来了，对他说："试着尝一点吧。"也只吃了三杯便停止了。第二天增加到了五杯，再后一天便增加到十杯，再后一天使一大杯一大杯地往肚里灌了。他完全忘记了过去的教训，直到被酒醉死。

这个故事说明：与本性相联系的强烈嗜好是不容易戒绝的。

悬驼就石

典出唐·释道世《法苑珠林》。

传说古代有这样一个人，做事十分机械刻板。有一次国王送了他一只死骆驼，他心里非常高兴，就把骆驼搬回家去，立刻就要剥皮。可是他拿起刀一看，刀太钝了，于是就去磨刀。磨刀石在哪里呢？他找来找去，好容易才在楼上找到。他见磨刀石在楼上，便把骆驼搬上楼去悬挂在梁上，然后才开始磨刀。

后人把这个故事概括为"悬驼就石"，用来比喻机械愚笨而不能随机应变的行为。

循规蹈矩

典出《红楼梦》第五十六回：这么一所大花园子，都是你们照管着，皆因看的你们都是三四代的老妈妈，最是循规蹈矩。

探春主张姑娘们住的园子不用另请人管理，可在园中的老妈妈中选几个老成本分知园圃的来料理。这一方面可省下花儿匠、山子匠并打扫人的费用，另方面也可使这些老妈妈得点额外收入，再者花园可管理得更好。李纨、宝钗等都很赞成探春的主意。于是探春便命人将园中所有的老妈妈一齐传来。众老婆子来后，李纨把探春的意思告诉了他们。众婆子听了，都很愿意。有的说："把那片竹子给我，一年工夫，明年又是一片。除了家里吃的笋，一年还可交些一钱粮。"有的说："那一片稻地交给我，一年中家中玩的雀鸟吃的粮食我包了，另外还可交些钱粮。"

探春等见老妈妈们都愿干，心里很高兴，于是便分派几人去干。宝钗这时寻思了一会说道："如今园子里有几十个老妈妈，若管园子的收入只给这几个人，那没管上的一定不高兴。那些没有料理这些事的老妈妈，一年到头在园里辛苦，也应得点好处。凡参与料理园中事务的老妈妈，每年从收入中拿出一部分，分发与未参与料理园中事务的老妈妈，这样比较公平，大家心里也高兴。未参与园中事务的老妈妈得了好处，也会帮助照管园子。"众老婆子听了这番议论，都齐声说："赞成。"宝钗接着又说："这么一所大花园子，都交给你们照管，是信得过你们；因为你们几代都在这里当过老妈妈，你们最是循规蹈矩，希望你们好好干。"众老子说："姑娘奶奶只管放心，如果我们不把事情办好，天地也不容。"

后人用"循规蹈矩"表示拘守旧准则，不敢略加变动，不敢创新。

医者算命

典出《笑林》：或见医者，问以生意如何，答曰："不要说起，都被算命先生误了。嘱我：'有病人家莫走。’”

有人见到一个串乡治病的医生，问他近来生意如何，医生懊丧地回答：“别提了，生意都被算命先生耽误了，他嘱咐我：‘不要到有病的人家去。’”

后人用“医者算命”的这个典故告诉人们，科学和迷信是不相容的。身为医生却相信算命先生的鬼话，这对那些自封的唯物主义者是一个很好的讽刺。

已陈刍狗

典出《庄子·天运》：刍狗之未陈也，盛以箧衍，巾以文绣，尸祝斋戒以将之。及其已陈也，行者践其首脊，苏者取而爨之而已；将复取而盛以箧衍，巾以文绣，游居寝卧其下，彼不得梦，必且数眯焉。而今夫子，亦取先王已陈刍狗，聚弟子游居寝卧其下。

祭祀所用的、用茅草扎成的刍狗，未陈列之前，放在精制的竹箧中，上面覆盖着绣花彩巾，然后由尸祝斋戒之后，恭送太庙供祭。

一旦祭祀完毕，刍狗便被抛弃。来往行人，任意践踏它的头背，拾柴的甚至拿去烧火做饭。

但如果有人把已经陈列过的刍狗，再拿来放在竹箧中，盖上绣花巾，在它的下边睡卧，即使不作恶梦，也必定会几遭梦魇。

而“今天的腐儒”，也是把早已过时的无用东西，拿来到处兜售。

后人用“已陈刍狗”的这个典故讽刺那些喜欢把已经被历史淘汰了的东西再摆出来，阻挡人们前进的步伐的人。实际上被他们奉为至宝的，不过是“已陈刍狗”罢了。

以凫为鹘

典出《艾子杂说》：昔人将猎而不识鹘，买一凫而去。原上兔起，掷之使击，凫不能飞，投于地，又再掷，又投于地，至三回，凫忽蹒跚而人语曰：“我鸭也，杀而食之，乃其分，奈何加我以掷之苦乎？”其人曰：“我谓尔为鹘，可以猎兔耳，乃鸭耶？”凫举掌而示，笑以言曰：“看我这脚手，可以搦得他兔否？”

从前，有个人要去打猎，想买一只兔鹰。可他从没见过兔鹰，结果，买了一只水鸭子，兴致勃勃地带上走了。

他来到野外荒原，看见一只兔子从草莽中窜出，立刻抛出鸭子让它去追击。鸭子不会飞，一头栽到地上。这人提起来又扔向空中，鸭子照旧又跌在地上。

鸭子被折腾了三番五次，忽然摇摇摆摆走到这人面前说起话来："先生，我是水鸭子，杀了吃肉，才是我的本分。为什么非要掷来掷去，让我皮肉受苦呢?"

这人惊讶地问："我以为你是兔鹰，可以抓兔，怎么会是鸭子呢?"

鸭子举起脚蹼，笑着说："您仔细看看我这手脚，能够抓兔子吗?"

后人用"以凫为鹘"的这个典故讽刺那些不求甚解，粗心大意的盲干家!

以管窥天

典出《史记·扁鹊列传》：扁鹊仰天叹曰："夫子之

为方也，若以管窥天，以郄视文。越人之为方也，不待切脉望色听声写形，言病之所在。闻病之阳，论得其阴；闻病其阴，论得其阳。病应见于大表，不出千里，决者至众，不可曲止也。子以吾言为不诚，试入诊太子，当闻其耳鸣鼻张，循其两股以至于阴，当尚温也。”

齐王赐药

扁鹊是春秋时候著名的医生。他的名字本来叫秦越人，因为医术高明，人们称他为神医扁鹊。扁鹊住在齐国渤海郡，家里开着一个小客店，接待来往旅客。传说有一位名叫长桑君的隐士经常到扁鹊的客店来住。扁鹊对他招待很周到，长桑君因此很喜欢他。有一天，长桑君把扁鹊叫到跟前，亲热地说：

“我看你这个年轻人为人忠厚，又挺勤快，我有一个秘方想传给你，你不能泄露……”

扁鹊连忙施礼，说：“晚生遵命！”

长桑君从怀中取出一包仙药，交给扁鹊，说：“你用清晨的露水和着药吃下去，三十天以后你就明白了！”接着又把医病的秘方全送给了扁鹊。扁鹊正想重谢他，可是一眨眼工夫，长桑君不见了。扁鹊惊奇地叫起来：“哎呀，他是一位神仙哪……”

扁鹊按照长桑君的嘱咐，每天吃一次药，三十天以后，他忽然看见了墙后边的人，这种隔墙看人的本领使他感到惊奇。他给人看病，居然能看出人五脏六腑的病处……他又认真地学习那些治病的秘方，不久就成了闻名遐迩的神医了。

有一年，扁鹊带领弟子外出巡医，路过虢国，突然听见宫里、宫外哭声连天，甚觉奇怪，便打听过路人。人们告诉他说，是虢国太子死了。

扁鹊来到宫门口，问守门的中庶子说：

“请问太子何病而亡？”“太子血气不时，精神不能止邪气，所以暴病而死。”

扁鹊又问：“那么死几时了？”

“早晨鸡叫时候死的……”

扁鹊略加思忖，陪着笑说道：“有劳大驾，我是齐国渤海郡医生秦越人，能治活太子，请进宫……”

“什么?!”中庶子望了一眼扁鹊，瞧他一身布衣打扮，语不惊人，貌不出众，突然发出一阵大笑：“哈哈，你是说疯话吧？人死了还能治活?!快走吧，快走吧，不要骗财了……”

扁鹊再三请求中庶子禀报国君，可他就是不答应。扁鹊没法子，长叹了一口气，感慨地说：

“你呀，你这是从竹管里望天，从门缝里看画，见得多少世面呢？我给人治病一不用切脉，二不用望色，三不用听声……你若是不相信我的话，回去看看太子，他的耳朵里一定有响动，鼻子一定微微张动，大腿之间还会有温热的……”

中庶子听了这些话，十分惊奇，赶快回宫报告了国君。国君亲自出宫将扁鹊请入宫室。

扁鹊检查了太子的身体，选好穴位，几针刺下去，太子忽然醒过来。扁鹊又为他配了几剂汤药，不到一个月太子完全康复了。于是消息传开了：扁鹊能把死人治活……可是扁鹊听了这话，只是微微一笑，说；“这是没有的事儿，我是不能医活死人的。太子本来没有死，我才能让他好起来……”

成语“以管窥天”即由此而来，意思是从管孔观察天空，比喻见闻狭隘。

以卵击石

典出《墨子·贵义》：以其言非吾言者，是犹以卵投石也，尽天下之卵，其石犹是也，不可毁也。

春秋战国时期，有一位思想家，名叫墨翟，又称墨子。他有许多弟子，他的名声很大。据说有一年他往北方的齐国走去，途中遇见一个叫“曰”的人，对墨子说：

“你不能往北面走啊，今天上帝在北边杀黑龙，你的皮肤很黑，去北方是不吉利的呀！”

墨子说：“我不相信你的话！”说完就独自朝北走去，但不久又回来了，因为北边的淄水泛滥，无法渡河。

名叫“曰”的那人得意地对墨子说：

“怎么样啊？我说你不能往北走嘛！遇到麻烦了吧?!”

墨子微微一笑，说：“岂有此理！淄水泛滥，南北两方的行人全都受阻隔，行人之中有皮扶黑的，也有皮肤白的，怎么都过不去呀？”

“曰“无话可说，支吾半晌说不出话来。墨子又说：

“假如天帝在东方杀了青龙，在南方杀了赤龙，在西方杀了白龙，再在中央杀了黄龙，岂不是让天下的人谁也动弹不得吗？所以你的谎言是抵挡不过我的道理的，就像拿鸡蛋往石头上撞，把普天之下的鸡蛋全用光了，也伤害不了石头的一丝一毫！石头是毁坏不了的呀！”

“曰”羞愧地逃走了。

成语“以卵击石”即由此而来，后人用它比喻不自量力。

“以卵击石”也写作“以卵投石”。

翳草待雉

典出刘基《郁离子》：句章之野人翳其藩以草，闻之声，发之而得雉，则又翳之。冀其重获也。明日往聆焉，之声如初，发之而得蛇，伤

翳草待雉

其手以毙。

句章这个地方有个农民，用草遮盖他家的篱笆，他听见草下面有唧唧的声音，扒开草，抓到了一只野鸡。他又用草把篱笆盖上，希望再次抓到野鸡。第二天他去听，唧唧的声音跟上次一样。他又扒开草，却抓到一条毒蛇。蛇咬伤了他的手，他就中毒而死了。

这篇寓言说明，只凭狭隘的经验，不知变通，是比较危险的。

因噎废食

典出《吕氏春秋·荡兵》：有以噎死者，欲禁天下之食，悖。

有个人，因食管被食物堵塞而噎死了这件事引起哄动，有人想禁止天下人吃饭。祸灾的日子会长久不变吗？

这则寓言讽谕了“窃时以肆暴”而“卒迨于祸”的人物。老鼠，作为一种“阴类恶物”，专门从事破坏和危害人类的活动，对它们只能斩尽杀绝，决不能姑息纵容。

有勇无谋

典出唐·陆贽《论两河及淮西利害状》：（王）武俊蕃种，有勇无谋。又见《三国演义》第十一回：（曹）操曰“吾料吕布有勇无谋，不足虑也。”

东汉末年，宦官集团对政治的垄断曾一度达到了前所未有的地步，并与外戚势力产生了尖锐的矛盾。张角领导的黄巾起义失败以后，宦官集团与外戚集团的矛盾更加尖锐。到汉灵帝死后，这种矛盾便公开爆发了。为了铲除宦官势力，国舅何进下令征召在外地驻守的军阀董卓等率军入京，以增强自己的力量。因宦官先发制人，何进遭杀害。袁绍、袁术遂起兵捕捉宦官。不久，董卓领兵入京，废汉少帝，立刘协为皇帝（汉献帝），他自任太师，垄断了中央大权。董卓的专权，又妨碍了一些世家豪族和官僚的利益。初平三年（公元 192 年），司徒王允策动董卓的部将吕布将董卓杀死。

吕布，字奉先，东汉末五原九原（今内蒙古包头西北）人，善弓马，当时号为“飞将”。他是一位勇力过人力而智谋不足的武夫。除掉董卓以后，董卓的部将李傕、郭汜带兵攻入京城，杀了王允，大败吕布。吕布便逃出武关，投靠了袁绍，后又弃袁投靠了张扬，继而又弃张扬投靠张邈。兴平元年（公元 194 年），曹操率军攻打徐州，张邈趁曹操东征的机会，命吕布袭破充州，占据了濮阳。曹操听此消息，急忙回军充州。路上，碰上了曹仁。曹仁对曹操说，吕布势大，又有陈宫相助，不可轻视。曹操说："我料想吕布有勇无谋，没什么可怕的。"于是决定先收复濮阳。因吕布势大，没有成功。吕布虽依仗勇力，横行了一阵子。但终因有勇有无谋，于建安三年（公元 198 年）被曹操杀死。

"有勇无谋"意即只有胆量，没有计谋。

后人用这个典故比喻作事或打仗只是猛干猛冲而缺乏计划和不讲策略。

迂公毁楼

典出《雅谑》：家有一坐头，绝低矮。迂公每坐，必取瓦片支其四足。后不胜烦，忽思得策，呼侍者，移置楼上坐。及坐时，低如故，乃曰："人言楼高，浪得名耳，"遂命毁楼。

迂公家有一只板凳，非常低矮。他每次去坐，都要用瓦片支垫上四条腿。

后来，他实在不耐烦了，忽然想出一个主意，叫来家仆，让把凳子搬到楼上。迂公上楼一坐，觉得仍然和原来一样低矮，于是他说："人们都说楼高，真是徒有其名！"立即让人把楼拆毁了。

后人用"迂公毁楼"的这个典故告诉人们，具体的矛盾只能用具体的方法去解决。搬凳上楼，只能提高板凳相对于大地表面的高度，却不能提高板凳自身的高度。迂公之迂就在于混淆了这两个根本不同之点。

遇盗之戒

典出《列子·说符》：牛缺者，上地之大儒也。下之邯郸，遇盗于耦沙之中，尽取其衣装车马。牛缺步而去，视之欢然无忧吝之色。盗追而问其故，曰："君子不以所以养害其所养。"

盗曰："嘻！贤矣夫！"既而相谓曰："以彼之贤，往见赵君，使以我为事，必困我；不如杀之。"乃相与追而杀之。

燕人闻之，聚族相戒曰："遇盗，莫如上地之牛缺也！"皆受教。

俄而其弟适秦，至关下，果遇盗。忆其兄之戒，因与盗力争；既而不如，又追而以卑辞请物。盗怒曰："吾活汝弘矣，而追吾不已，迹将箸焉；既为盗矣，仁将焉在？"遂杀之，又傍害其党四五人焉。

牛缺，是上地的一位大学者。他要到邯郸去，在耦沙地方遇上强盗，把他的行装车马动掠一空。牛缺步行而去，看起来高高兴兴没有一点忧愁的模样。强盗们追上去询问其缘故，牛缺说："有德行的人不因那些养生的东西伤害自己的身子。"

强盗们说："啊！真贤明啊！"接着又商议说："以他这样高的才德，去见赵国国君，假使把我们抢了他的东西当回事，必然会使我们遭到困难；不如杀了他。"于是一起追上去把他杀了。

燕国有人听到这件事，聚集族人相告诫说："碰上强盗，不要像上地的牛缺那样！"大家都接受了教训。

不久，这个人的弟弟去秦国，走到函谷关下，果然遇上强盗。想起哥哥的告诫，便奋力和强盗争斗；斗不过，又紧跟着低声下气地请求把财物还给他。强盗们大怒，说："我让你活着已经够宽大了，还不停地追着我，这样下去行踪就要暴露了；既然作了强盗，还有什么仁爱可言?"于是杀死了他，又连带杀害了他的同伴四五个人。

后人用"遇盗之戒"比喻把别人在特定情况下的某种具体经验教训当成生活至理，盲目照搬终会落得可悲的下场。

缘木求鱼

典出《孟子·梁惠王上》：以若所为，求若所欲，犹缘木而求鱼也。

《后汉书·刘玄传》：今以所重加非其人，望其毗益万分，兴化致理，譬犹缘木求鱼，开山采珠。

后人用"缘木求鱼"比喻方向或方法不对头，不可能达到目的。

钥匙尚在

典出《朝野佥载》：昔有愚人入京选，皮袋被贼盗去。

其人曰："贼偷我袋，将终不得我物也。"

或问其故？

答曰："钥匙尚在我衣带上，彼将何物开之。"

从前，有一个愚人到京都去参加考选，他的皮口袋被盗贼偷去了。

这个愚人说："盗贼偷了我的皮口袋去，他将永远得不到我皮口袋里的东西。"

有人问他什么缘故？"

他回答说："钥匙还拴在我的衣服带子上，他将要用什么去开启皮口袋呢？"

这则寓言讽刺了愚人愚在分不清主次，抓不住主要矛盾，钱袋丢了，剩下钥匙还有什么用处呢？

越人遇狗

典出《伯牙琴》：越人道上遇狗。狗下首摇尾，人言曰："我善猎，与若中分。"越人喜，引而惧归，食以粱肉，待之礼以人。殉得盛礼，日益倨，猎得兽，必尽啖乃已。或嗤越人曰："尔饮食之得兽，狗辄尽啖，将奚以狗为？越人悟，因与分肉，多白与，狗怒，啮其首，断领足，走而去之。

有个越人在路上遇见一条狗。这条狗俯首摇尾，说着人话道："我很会打猎，猎物和你平分。"

越人很高兴，就领着狗一同回家去，每天喂它精美的膳食，用人的礼节对待它。狗得到了这样的盛情招待，日益傲慢起来，每次捕捉到动物，必定自己吃尽了才算完。有人讥笑越人说："您喂养着这条狗，它捕猎到动物，却自己都吃光了，你还要这条狗干什么？"

越人一听醒悟了，因而与狗分食猎物，而且自己要多拿些。

狗很愤怒，立即咬住越人的脑袋，撕断了他的脖子和双足，离家跑走了。

后人用这则寓言说明“江山易改，本性难移”。好端端的一个人，却为了一点私利，去与狗交朋友！任凭你待他如上宾，“食以粱肉，待之礼以人”，不仅不能感化半点狗性，反而纵容它“日益倨，猎得兽，必尽啖乃已”。等您醒悟了，希图狗实现它的分肉诺言时，它就立即翻脸不认人，“啮其首，断领足，走而去之”，哀哉！越人之惨死也。狗之为狗，绝不要为它的花言巧语所迷惑啊！

粤犬吠雪

典出《柳河东集·答韦中立论师道书》：仆往闻庸、蜀之南，恒雨少日，日出则犬吠，子以为过言。前六七年，仆来南，二年冬，幸大雪，逾岭，被南越中数州，数州之犬，皆苍黄吠噬，狂走者累日，至无乃已。然后始信前所闻者。

我过去听人讲过：庸、蜀的南部，阴雨连绵，少有晴天，偶然日出，狗就吠个不停。这种传闻，我一直不太相信，认为它言过其实了。

六七年前，我来到南方。第二年冬天，恰好下了一场罕见的大雪，大雪越过南岭，覆盖了粤地南部好几个州。几个州的狗都惊慌万状，一连几天狂吠乱奔，直到天空放晴，落雪融化，才安静下来。

这时候，我才相信蜀犬吠日确有其事了。

后人用“粤犬吠雪”的这个典故比喻少见多怪。也常指浅薄无知者对自己所不理解的事物妄加诋毁。

知母贝母

典出《广笑府》：人有初开药肆者，一日他出，令其子守铺。遇客买牛膝并鸡爪黄连，子愚不识药，遍索笥中无所有，乃割已耕牛一足，斫二鸡脚售之。父归问卖何药？询知前事，大笑，发叹曰：“客若要知母、贝母时，岂不连汝母亲抬去了？”

有一个人开了个药铺。有一天他因事外出，叫他儿子看守店铺。这时一位客人来买牛膝和鸡爪黄连，主人的儿子非常愚笨又不识字，找遍药饯也没有找到，于是把耕牛的蹄子割下来，杀鸡取爪卖给客人。父亲回来以后问卖了什么药，听说以后大笑不已感叹说：“客人若要知母、贝母，难道连你母亲也抬出去？”

后人用这则寓言说明子愚不识药，割牛足，斫鸡脚，固然愚蠢可笑，但是其父明知儿子“愚不识药”，却令其守铺，硬赶鸭子上架，用非其才，结果遭到报应。可见用人必须知人善任。

只顾羊卵子，不顾羊性命

典出《儒林外史》三四：羊枣，即羊肾也。俗话说：“只顾羊卵子，不顾羊性命。”

金东崖是个不学无术的人，却偏偏自以为学识渊博，著书立说。这一日，他拿了一本自己写的书《四书讲章》来向邻居杜少卿炫耀卖弄。他指着其中一条（这一条本意是说：古代曾参的父亲喜爱吃羊枣，羊枣是一种很甜的小枣，曾参在父亲去世后，一看见羊枣就想念父亲，流泪不食）得意地说：“先生，你说这‘羊枣’是什么？羊枣即羊肾也。俗话说：‘只顾羊卵子，不顾羊性命。’

所以曾子不吃。”杜少卿听罢大笑，说道：“古人解经，也有穿凿附会的，先生这话就太不伦不类了。”

后人用“只顾羊卵子，不顾羊性命”的这个典故比喻因小失大。

纸上谈兵

典出《史记·廉颇蔺相如列传》。

战国末期，赵国大将赵奢的儿子赵括，年轻时候就读了不少兵书，即使他父亲和他谈论用兵之道，也不能将他难住。虽然这样，但赵奢认为，赵括没有经过实际锻炼，不能当大将。并把这些想法告诉了赵括的母亲。后来，秦国进攻赵国，赵国老将廉颇奉命抵抗，为了争取作战的有利条件，廉颇先筑营垒坚守，待机而动。这时，秦国为了取胜，使用了反间计，赵孝成王听信了秦国的反间谗言，认为廉颇年老懦弱，不能抵挡大敌，改派赵括代廉颇为大将。赵括的母亲闻讯连忙上书赵孝成王劝止说：“赵括虽熟读兵书，但不能灵活运用，并非大将之材，请不要重用。”相国蔺相如也同意赵括母亲的意见。但赵孝成王不听劝阻，终于派赵括为上将。赵括接替了廉颇的兵权，来到长平（今山西省高平县），自认为对军事很熟，完全改变了廉颇的战略计划，照搬兵书上争取主动的条文，立即向秦军出击，结果被秦兵围困，突围时中箭而死。赵军四十万人也都做了俘虏并被秦国大将白起坑杀。

后人用“纸上谈兵”这个典故比喻不联系实际地夸夸其谈。

中计身亡

南宋时，有一个陕西人身怀围棋绝技，自称关西棋客。他到了都城临安后访遍京城高手，无人能与他匹敌，一时名声大振。皇宫内侍王益是个好事者，他找来几个围棋国手同关西棋客比赛，结果也都败在了关西棋客的手下。王益就把这件事报告了皇帝。皇帝听后，便下诏让关西棋客第二天入宫，要看他与宫内棋待诏弈棋。棋待诏得到这个消息后，生怕第二天比赛时输棋，于是想出了一条计策。

燕王好乌

当晚，棋待诏把关西棋客请到自己家里，设宴款待。席间，棋待诏领来一个漂亮的姑娘，对关西人说："这孩子是我的女儿。几个月来，你棋镇京城，我久仰你的大名，打算把她嫁给你为妻，不知意下如何？"关西棋客为人老实，看到姑娘相貌美丽，身材窈窕；待诏态度诚恳，心中非常高兴，就满口答应了这桩婚事。棋待诏看到关西棋客已经上钩，便接着说："明天我们俩要在皇上面前下棋，你得让我这个老丈人先赢第一局，然后我再让你赢第二局，你看怎么样？"关西棋客想到他们之间的翁婿关系，认为理当如此，就点头表示同意。棋待诏接着说："我看你一表人材，聪明过人，肯定会受到皇上赏识，将来咱俩都在宫中弈棋，也好互相照应，那是多好的事啊！"

其实棋待诏根本没有什么女儿，而是他临时从京城一个戏班子里请来的一位歌舞伎。

第二天，棋赛开始了。关西棋客不知道自己中了待诏的奸计，按他们事先的约定，让了第一局。皇帝看到关西棋客一上来就输了第一局，而且没有什么精彩的场面，认为关西棋客也不过如此，就对站在一旁陪自己观棋的王益说："你看，这个人毕竟是个土包子，怎么能与我皇宫中的国手相提并论呢?!"说完，站起身来挥了挥手走了。

关西棋客看到皇帝并不赏识自己，非常狼狈地退出了皇宫。过了几天他听人说棋待诏根本没有女儿，才知道自己上了当。他一气之下，卧床不起，茶饭不思，没过多久就丧命黄泉了。

冢宰奇画

典出《艾子杂说》：齐有二老臣，皆累朝宿儒大老，社稷倚重。一日冢相，凡国之大事，乃关预焉。一日，齐王下令迁都。有一宝钟重五千斤，计人力须五百人可扛，时齐无人，有司计无所出，乃白亚相。久亦无语，徐曰："嘻！此事亚相何不能了也？"于是令有司曰："一钟之重，五百人可扛。人忽均凿作五百段，用一人五百工之。"有司钦然随便。艾子适见之，乃曰："冢宰奇画，人固不及。只是搬到彼，莫却费锢也无？"

齐国两个年老的臣子，都是经历了好几朝的很有声望的人，国家都依靠和器重他们。基中一个是首相，凡属国家的重要事情，他都要参与研究和决断。

有一天，齐国的君主下令迁徙国都。有一口宝钟，重量达五千斤：估算一下，需要五百人才能扛动；齐国一时没有这么多人力。官吏们想不出什么计策来，便把这情况报千亚相，亚相想不出办法。首相在一旁，也有好久没说什么，后来才慢吞吞地说道："嘿！这样的事情，亚相你为什么不能解决呢？"于是，他便伞令民官吏们道："根据这口钟的重量，有五百人就可以扛动。可以叫人迅速把它均匀地凿成五百块，然后，叫一个人花五百天的工夫把它陆续地搬走就是了。"官吏们高兴地接受了这一命令。

这件事情，恰好被艾子撞见了，便说道："首相的好计谋，固然是一般人所想不出来的，只是把凿成了碎块的钟搬运到新的国都以后，不知还需要花多少气力才能把它熔铸成一口守整的钟呢！"

这则寓言讽刺那些窃居要职，徒负虚名，并无真才实学的人。

自欺欺人

典出《笑林》。

从前有一个南方人，家里很贫穷，但总幻想有朝一日成为一个有钱人。后来，他不知从何处找来一本汉代淮南王刘安论方术的书，就认真地读了起来，当他读到书中“如果谁得到螳螂捕蝉时用来掩护自己的叶子，就可以隐藏他的身体”，这个人非常高兴，就天天等在在一棵大树下，伸长脖子看着头上的叶子。一天，他终于看到一只螳螂躲在一片叶子的后面准备捕蝉，他赶紧爬上树去摘下叶子，但下来时不小心叶子掉在了地上，他四下里找，可是地上已经有很多落叶，怎么也分辨不出掉下的那一片。他只好把地上的树叶都扫回家，一张张地拿来挡在自己面前，问他妻子说：“你看得见我吗？”妻子不知丈夫在玩什么把戏，一一回答说：“看不见。”

这人高兴极了，连忙把叶子装在口袋里。

第二天一早，这个人带着叶子来到城里。当他看到市场上有人在卖东西时，就摸出叶子来放在胸前，然后伸出手去拿东西。不想被当场捉往，并送往官府。官府的人觉得很奇怪，就问他说：“你为什么要在光天化日之下偷别人的东西呢?”这人只好哭丧着脸把事情的经过说出来，官府的人听了哈哈大笑起来，就把他释放了。

后人将这种既欺骗自己，也欺骗别人的行为叫做“自欺欺人”。

自食其果

有一天，丘浚去拜望一个和尚。那位和尚见丘浚不是做官的人，对他爱理不理地很不客气。正在这时，来了一个高级军官的儿子，排场很阔绰，和尚马上换了一副笑脸，出去招待他。丘浚很讨厌这个和尚，等那个高级军官的儿子一走，便气愤愤地问道：“你对我为什么这样不客气，对他为什么又那么客气呢?”

这和尚是个有名的快嘴，马上就说：“哈！你误会了！你还不知道我的脾气吗?凡是我表面上对他客气的，内心里对他未必客气；凡是内心里对他客气的，那就不必在表面上客气了？”

这时丘浚手里正好拿着一根拐杖，一气之下，就在和尚头上重重地敲打了好几下。说道：“照你这样说，打你就是爱你，不打你倒是不爱你了，请你原谅吧！”

后人用“自食其果”比喻自己造成的恶果由自己承受。

自相残杀

典出《韩非子》：虫有虺者，一身两口，争食相也。遂相杀，因自杀。

有种蛇类毒虫，叫虺。这种毒虫，一个身子两张嘴。每当捕获食物以后，两嘴就因争食，彼此咬了起来。结果，虺也就因自相残杀而死去。

后人用“自相残杀”这个典故讽刺了那种不顾人局，彼此争斗不休，以致丧失共同的根本利益的愚蠢行为。

眦睚必报

典出《史记·范睢蔡泽列传》：一饭之德必偿，睚眦之怨必报。

战国时代，魏国有一个中大夫，名叫范睢，因事在国内不能立足，被笞逐出国境，范睢很有口才，他被逐出魏国后，于是运用能言善辩的天才，跑到秦国去，向秦昭王游说范睢恐怕秦昭王知道他是被逐出魏国的无赖，所以改名换姓，自称是张禄，向秦昭王建议远交近攻政策，秦昭王认为范睢的政策很妥善，于是范睢留在秦国，

燕雀相贺

拜为客卿，后来范睢能够时常接近秦王，而且所建议的政策，秦王都认为可行，在实施后又得到良好的效果，于是封范睢做泰国的丞相。范睢这个时候已经不是在魏国倒霉的时候，受到秦王的宠爱，成为有财有势的大人物，于是他认为应该清算旧帐：凡从前对他有恩惠的人，虽然所施的恩惠，只是给他吃一顿饭，范睢也重重酬谢；所有从前对他有嫌怨的人，虽然嫌怨的程度，只是曾对他瞪眼怒视一下，范睢也不肯放过，要实行报复。

“眦睚必报”就是出于范睢的故事，睚眦，瞪眼怒视。引申为小怨小忿。连瞪了他一眼的小怒小忿都要报复，形容气量极其狭小。

郗君为甲

典出《吕氏春秋·有始览·去尤》：郗之故法，为甲裳以帛。公息忌谓郗君曰：“不苦以细，凡甲之所以为固者，以满窍也。今窍满矣，而任力者半耳。且组则不然，窍满则尽任力欠。”

郗君以为然，曰：“将何所以得组也？”

公息忌对曰："上用之，则民为之矣。"

郲君曰："善。"下令令官为甲必以组。

公息忌知说之行也，因令其家皆为组。

人有伤之昔曰："公息忌之所以欲用组者，其家多为组也。"

郲秸不说。于是复下令，令官为甲无以组。

郲国的老办法，一向是用绸子来镶缝战裙的：公息忌对郲君说："不如用丝绳镶缝好。大凡战裙的牢固，关键在于镶缝得严紧。用绸子镶缝，即使镶缝得很严紧，也只能承受一半的力气罢了。至于用丝绳就不是这样，镶缝得严紧，就是使出最大的力气，也不会破裂的。

郲君认为对，又问：用什么办法得到丝绳呢？"

公息忌回答说："国君要用它，老百性就会造出来。"

郲君说："好。"便命令官府镶缝战裙一定要用丝绳。

公息忌知道自己的主张被采用了，就叫家里的人都制作丝绳。

这时有人诋毁他说："公息忌之所以主张用丝绳，是因为他家里大量制作了丝绳。"

郲君很不高兴。于是又下令，叫官府镶缝战裙不得用丝绳。

后人用"郲君为甲"比喻思想上有了偏见，就会混淆是非，作出错误的判断。

纵虎归山

典出《三国演义》第二十一回：程昱曰："昔刘备为豫州时，某等请杀之，丞相不听；今日又与之兵，此放龙入海，纵虎归山也。后欲治之，其可得乎？"

东汉末年，天下大乱，群雄各霸一方。一心想趁机夺取天下的刘备，因为没有立足之地，到处奔波，经常寄人篱下。公元194年，陶谦病死，这时投奔陶谦的刘备，便做了徐州牧。不料，刘备被吕布打败，不得不暂时投奔曹操，等待时机，壮大实力。

不久刘备听说袁绍消灭了公孙瓒，淮南军阀袁术准备率军开往河北，投奔其兄袁绍，结成联盟。刘备觉得这是个脱身的好机会，于是趁机对曹操说："袁术投奔袁绍，必经徐州，请将军拨给我一些兵马，在半路上截杀，保证能够捉住袁术。"曹操担心袁绍、袁术兄弟联兵一处，势力壮大，不好对付，于是同意刘备请求，让他带领五万人马前往徐州，截击袁术。刘备见曹操同意，立即率军匆忙出发。关羽、张飞看到刘备慌忙的样子很不理解，问道：“哥哥此次出征，为何如此急急忙忙？”刘备解释说：“我在曹操手下就好像笼中的鸟，网中的鱼，很不安全，也无法施展自己的本事。这次出征，我就好比鱼儿回到了大海，鸟儿飞上了天空，可以任意畅游翱翔了，再也不会受他人的限制。”

刘备走后，曹操的谋士郭嘉、程昱从外地赶回许昌，他们听说曹操放走了刘备，急忙去见曹操。程昱说：“从前刘备做徐州牧时，我们曾建议把他杀掉，丞相没有听从；现在您又给他许多兵马，放他离去，这就等于把蛟龙放回大海，把猛虎放归深山。以后再想制服他，能够办得到吗？”郭嘉接着说：“即使丞相不好把他杀掉，也不该轻易放他离去。古人说得好，一旦放跑了敌人，就会带来无穷的后患。请丞相仔细考虑。”曹操觉得他们二人讲得很有道理，于是命令许褚领兵五百追赶刘备，让刘备返回。

刘备识破了曹操的计谋，拒绝返回，许褚无奈，只好回禀曹操。刘备劝回了许褚，领兵在半路上截杀了袁术，从此不再依附曹操。此后刘备经过多年的艰苦征战，终于建立蜀国，形成了曹操、刘备、孙权三足鼎立的新局面。他们分别建立了魏、蜀、吴，历史上称为“三国”。

成语“放虎归山”意思就是把老虎放回山上去，比喻把敌人放回巢穴，就会留下祸根。纵：释放的意思。

作舍道傍

典出《后汉书·曹褒传》：谚言："作舍道边，三年不成；会礼之家，名为聚讼。"

从前有一个没有主张的人在大路旁边建一间住宅。房子快要造好，路人甲从那里经过，对他的房子端详了好一阵，大发议论说："要是我是住宅的主人，我就不这样造？"

那没主张的人连忙请教："依先生的意思该怎样造？"

"你应该把门窗的方向全都朝东，太阳一出来就射进你的卧房，这样就可以养成早起的习惯，岂不很好！"

"对对，你的意见真宝贵，我马上照办。"于是房子拆毁了。

房屋第二次快要落成的时候，路人乙又来发表意见："住宅要紧的是冬暖夏凉，而只有向南才能达到这样的要求；现在你的住宅向东，这怎么妥当呢？"

"对对，你的说话很对！"房屋又被拆毁，第三次重建。

出主意的人愈来愈多，每一个出主意的人都有他的的一套理由，没主张的人觉得他们的意见都是对的；于是他的住宅拆了又砌，砌了又拆，三年过去了，没主张的人还没有把他的住宅造好。

后来的人便把“作舍道傍”作为一句成语来比喻众说纷纭，莫衷一是，难于成功。

坐井观天

典出《庄子·秋水篇》中的一个寓言故事。又见韩愈《原道》：坐井观天，曰天小者，非天小也。

《庄子·秋水篇》记载的故事大意是：废井里住着一只青蛙，有一天在井边上碰见了一只从东海里来的海鳖。青蛙说：“你看，我多快乐呀！高兴的时候就在井栏边上跳跃一阵，累了就睡在井里的砖洞上休息，或者就露出头来泡在水里，或者在泥地里散步也很舒服。看看那些蚌蟹与蝌蚪谁能比得上我呢？井里这样自由自在，快乐得意，我又是这里的主人，还是请你来井里观赏一下

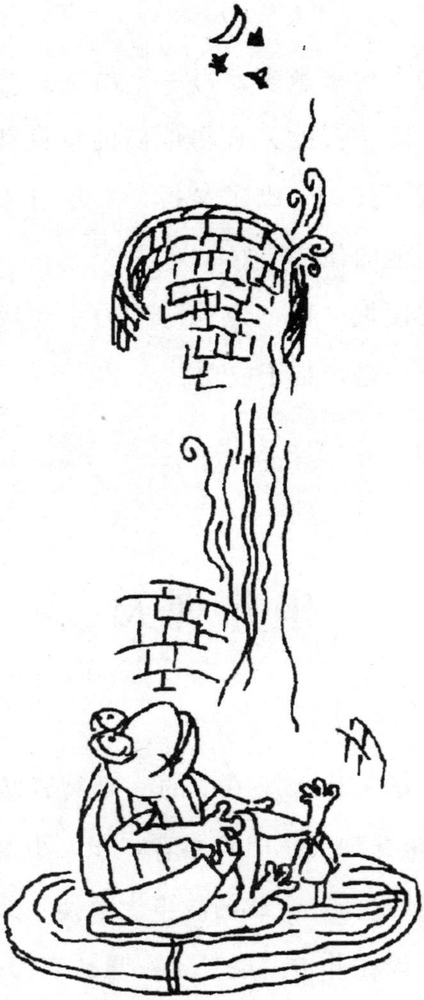

坐井观天

吧！”海鳖听了就想进去看看，可是左脚还没有完全伸进去，右脚就被井栏绊住了。于是海鳖对青蛙说了些海的广大无边等等情况，青蛙才吃惊地知道井外还有这样广阔的天地，快乐的世界。

后人用“坐井观天”这个典故比喻眼界狭小，所见有限。

暗度陈仓

典出《史记·高祖本纪》：正月，项羽自立为西楚霸王，王梁、楚地九郡，都彭城。负约，更立沛公为汉王，王巴、蜀、汉中，都南郑；……汉王之国，项王使卒三万人从，楚与诸侯之慕从者数万人，从杜南入蚀中。去辄烧绝栈道，以备诸侯盗兵袭之，亦示项羽无东意。……八月，汉王用韩信之计，从故道还，袭雍王章邯。邯迎击汉陈仓，雍兵败，还走；止战好峙，又复败，走废丘。汉王遂定雍地，东至咸阳，引兵围雍王废丘，而遣诸将略定陇西、北地、亡郡。

秦朝末年，项羽和刘邦都有独霸天下的野心。项羽知道刘邦不好对付，在推翻秦朝后为反秦将领分地封王时，有意将他封为汉王，想把他限制在偏僻的巴蜀和汉中一带。刘邦很不服气，但当时项羽势力很强，他只好领兵西上，开往汉中的南郑城。在通往南郑的路上，有绵延几百里的栈道（在险峻的悬崖绝壁上凿孔支架木桩，铺上木板而成的窄小通道），刘邦接受了谋士张良的计策，将所走过的栈道全部烧毁了。这样既有利于今后防御，又可以迷惑项羽，让他以为刘邦一去就不打算回来，就会松懈对刘邦的戒备和防范。

刘邦到南郑后，拜了韩信为上将。韩信提出的夺取天下的第一步计划，是先取关中，建立兴汉灭楚的根据地。于是，他们一边加紧做攻打关中的准备，一边故意派了几百名士兵去修复栈道。把守关中西部的章邯感到好笑："谁叫你们烧了栈道，看哪年哪月才能修好？"根本不予重视。但不久，章邯便接到紧急报告，刘邦的大军已攻入关中，占领了陈仓（在今陕西宝鸡县东），杀了守将。章邯慌忙领兵抵抗，但已经来不及了，最后被逼自杀，其余守将也相继投降，关中被刘邦全部占领。这就是韩信的妙计，称为：明修栈道，暗度陈仓。当初张良建议烧毁栈道时，也曾向刘邦预先说过此计，刘邦见二人先后所定的计策完全一样，高兴地说："英雄所见，毕竟略同！"

后人用"暗度陈仓"或"明修栈道，暗度陈仓"的典故形容一边麻痹对方，一边偷偷摸摸地暗中活动，出其不意，达到了某种目的。也写作"明修暗度"。

白雁落网

白雁落网

典出《燕书》：具区之泽，白雁聚焉。夜必择栖。恐人弋己也，设雁驻环巡之，人至则鸣。群雁藉是以瞑。泽人熟其故，燕火照之，雁奴戛然鸣，泽人遽沉其火。群雁皆惊起，视之无物也，如是者四、三，群雁以奴给己，其啄之。未几，泽人执火前，雁奴不敢鸣，群雁方寐，一网无遗者。

具区湖畔，是大雁经常集聚的地方。到了夜晚，它们总在那里选择适宜的地方栖息。大雁恐怕被人捕获，就安排一只雁，在周转巡夜放哨，人们来时，就鸣叫报警。因此，群雁就可安心歇息了。

猎人们熟悉了大雁的这一套办法，捕猎时，先举火照耀。雁奴一见，嘎嘎地叫起来，猎人便很快把火隐没。

群雁都被叫声惊起，环顾四周，毫无动静，于是又睡了。这样连着折腾了好几次，群雁以为雁奴故意欺骗它们，就都去啄它。

没过多久，猎人们举着火把来到雁群跟前，雁奴再也不叫了，而群雁正在酣睡，结果被一网打尽、

后人用“白雁落网”这个典故告诉我们，猎人用诡计欺骗了大雁；狡猾的敌人，也常常是用诡计欺骗我们的，我们切不可失去警惕，受骗上当。大雁为了免于被害而设警，却又不能真正信任它，使用它，轻易否定并用粗暴的方法压制它的正确意见，使人家不敢再讲话，结果全部送了命。

步线行针

典出《水浒传》。

杏花村有个王林，卖酒为生。老伴死得早，只留下一个女儿，名叫满堂娇，年方十八，尚未许人。

有一天，贼人宋刚和鲁智恩到杏花村喝酒，宋刚自称是梁山泊头领宋江，鲁智恩自称是花和尚鲁智深。王

林没有见过宋江和鲁智深，就以为他们俩真是梁山上的好汉，便热情接待，并唤女儿满堂娇出来敬酒。

宋刚喝醉了酒就要讨满堂娇作压寨夫人。鲁智恩就对王林说："把你女儿与俺宋公明哥哥作压寨夫人吧，只借你女儿三天，第四天便送来还你。"说着不管三七二十一就把满堂娇带走了。

正好那时李逵也下山游玩，来到王林酒店喝酒，听说宋江和鲁智深抢走了王林的女儿，好不气愤。李逵立即回山与宋江理论。

李逵回得山寨，见了宋江，连忙打恭道："给哥哥道喜!"宋江问道："喜从何来?"李逵道："哥哥不是要讨压寨夫人了么?"然后指着鲁智深说："秃儿，这是你做的好事呢?"鲁智深不知话从何说起，便呆了。李逵恨恨地说："原来这梁山泊有天无日，我恨不得砍倒这面杏黄旗。"宋江忙说道："你这铁牛，有什么事也不查个明白，就提起板斧来，要砍倒杏黄旗。"吴学究则在一旁说道："山儿，你也忒口快心直了。"宋江说："山儿，你下山喝酒，遇着了什么人？他们说了我些什么？……"

李逵把事情的原委都说了出来，宋江否认。李逵不信，便与宋江打赌说："如果不是你，我愿把这个脑袋输了。"宋江道："既然如此，就立下军令状，交学究收着。"李逵道："那怕指天画地能瞒鬼，步线行针待哄谁。"为了弄清问题，于是宋江、鲁智深和李逵一道下山去找王林老头对质。在下山的路上，李逵总认为宋江和鲁智深走路太慢，必是心中有鬼，便道："让我来给你们逢山开道。"鲁智深说："山儿，我要你遇水搭桥呢！"李逵道："你休得顺水推舟，偏不许我过河拆桥。"宋江知道李逵的话中有意，便说："山儿，你记得你上山时，是八拜之交认我做哥哥的吗？"李逵不听这些，只管赶路，不觉来到杏花村王林家下。对质的结果，抢王林女儿的果然不是宋江。

宋江回山要杀李逵的头，李逵也无话可说。正在这个当口上，王林来报，那个假宋江，假鲁智深已经送他女儿回来了，正到了他家。宋江便说："山儿，你下山拿得两贼，恕你无罪。"李逵听说，连忙谢恩。他说："这是揉到我山儿的痒处了。管叫瓮中捉鳖，手到拿来。"说完飞速下山把两个贼人捉拿上山来了。

后人用"步线行针"比喻安排周密。

拆散纵约

六国在洹水订立盟约的举动简直是跟秦国挑战一样。

秦王对相国公孙衍说："要是六国真合而为一，秦国还有什么发展的希望呢？咱们必得想个办法破坏他们的合纵才成。"公孙衍说："合纵是赵国开头的，大王不如先发兵去打赵国，看谁去救赵国，就先打谁。这么一来，诸侯都怕秦国去打他们，他们的合纵就容易拆散了。"张仪连忙反对说："六国新近订了盟约，正在兴头上，一下子拆不散的。要是咱们发兵去打赵国，那么韩、楚、魏、齐、燕一块儿出去帮它，咱们该对付哪个好呢？我想还不如用点工夫先去联络几个国家，他们一定会彼此猜疑起来的。他们内部起了疑还怕合纵不散吗？比方说，离咱们最近的是魏国，最远的是燕国。从魏国拿来的城多少退还几个给魏国，魏国准会感激大王，自然会来跟咱们和好。另外，把大

梧树不善

王的女儿许配给燕国的太子，咱们跟燕国就做了亲戚。这么一来，秦国就不孤立了，各国的‘合纵’不难变成‘连横’了。”秦惠文王依了张仪的计策，就这么办起来。魏国和燕国的国君贪图眼前的便宜，不顾后来的后患，果然跟秦国好起来。

赵王得着这个消息，就责备纵约长苏秦，说：“你倡导六国合纵，一齐抵抗秦国。如今还没到一年工夫，魏国和燕国就给秦国拉过去了。要是秦国来打赵国，这两国还能帮助咱们吗？合纵哪靠得住呢？”苏秦觉得这事有点难办。这些国家就好像一群猴儿，不听管教，要叫他一个人去管，这哪行呢？他要是再不想法子，也许就不能叫他好好地下台了。他说：“好吧，我先到燕国去一趟，然后再到魏国去，非把这两国的事办好不可。”赵王恨不得把这混乱的局面整顿一下，就让他去了。

苏秦到了燕国的时候，燕文公已经死了，燕易王才即位，一见苏秦来了，就拜他为相国。这个相国可不容易当，您瞧，东边的齐国趁着燕国办丧事，就发兵来攻打，夺去了十座城。燕易王拜苏秦为相国，原来是想为难他。燕易王说：“当初先君听了您的话，合纵抗秦，希望六国和好，彼此帮助。先君的尸骨还没凉，齐国就夺去了我们十座城。洹水的盟约还有什么用？您是纵约长，总得想个法子呀。”苏秦本来是为赵国来责问燕国的，如今倒先得为燕国去责问齐国了。他只好对燕易王说："我去跟齐国要回那十座城，好不好？"燕易王当然喜欢。

苏秦到了齐国，对齐威王说："燕王是大王的同盟，又是秦王的女婿。大王为了贪图十座城，跟两国结下冤仇。贪小失大，太不值得！要是大王照我的计划办，把十座城还给燕国，不但燕国感激大王，秦国也一定喜欢。齐国得到了秦国和燕国的信任，大王还能够号召天下建立霸业吗！"这一番话，正说在齐威王的心坎上。他为什么会攻打燕国，破坏盟约呢？齐国本来是个大国，离秦国又远，照齐威王的打算，齐国加入合纵就可以借着合纵的名目来号召天下，建立霸业。没想到洹水会上，小小的赵国反倒当上了头儿，这哪能叫他服气！齐国和秦国的势力差不多，西方的秦国想并吞六国，东方的齐国也不是没有这个想法。他一听到苏秦的计策，就想要拿十座城做本钱去收买天下的人心。当时挺痛快地答应了苏秦，退还了燕国的土地。

燕易王凭着苏秦的一张嘴，收回了十座城，当然是高兴的。可是因为苏秦跟他的母亲文公夫人有私情，燕易王就对他冷淡起来。苏秦瞧出来了。他想再上齐国去碰碰运气，就对燕易王说："我在这儿对燕国没有多大用处，不如上齐国去，表面上做个齐国的臣下，背地里可以替燕国打算。"燕易王说："任凭先生吧。"苏秦假装得罪了燕易王，逃到齐国。齐威王还想利用他，拜他为客卿。

苏秦正在齐国替燕国破坏齐国的财力和物力的时候，秦惠文王又向魏国进攻，有时候，他夺了土地又退还给他，还了又夺回来。他使的手段是：打一巴掌揉三揉，揉了再打，要叫魏惠王死心塌地地归顺秦国，听他的指挥。魏惠王可不吃这一套，他一心要搜罗有富国强兵能耐的人。他这种急于征求人才的打算还真出了名。有个邹国人（就是春秋时代的邾国，也叫邾娄）叫孟轲（就是孟子）得了这个消息，跑到魏国去见魏惠王（也就是梁惠王）。魏惠王亲自到城外去迎接他，把他当作贵宾看待。他一开口就说："老先生不辞千里迢迢地到敝国来，对我们一定能有很大的助益吧。"孟子说："大王何必急着谈利益呢？最要紧的是讲仁义。"魏惠王觉者这位先生太迂腐了，就对他冷淡起来。

没有多少日子魏惠王死了，太子即位，就是魏襄王。孟子见了新君之后，退出来说："这个人看上去，简直不像个人君的样儿。"他只好离开魏国。他听说齐威王死了，儿子刚即位，就是齐宣王。孟子就上齐国去见齐宣王，劝他施行仁政。

齐宣王有两个毛病：头一样是好色，第二样是贪财。苏秦就利用他这两个毛病叫他搜罗美人，起造宫殿和华丽的花园，加重捐税来充实库房。他还拿孝顺父亲的大帽子叫齐宣王耗费钱财和人工去安葬齐威王。苏秦知道要叫六国同心协力地抗秦，就得叫六国势力变得一样大。齐国比别国强大就破坏了这个均势。为了这点，他想法子叫齐国消耗人力和财力。他这种毒辣的手段虽然把齐宣王蒙住了，可是瞒不了那些机灵的大臣，尤其是老相国田婴的儿子田文。田婴一死，齐宣工就重用田文。那些反对苏秦的人以为齐宣王既然重用田文，一定不再信任苏秦了。他们背地里派人去刺苏秦。匕首扎在苏秦的肚子里，他还挣扎着去告诉齐宣王。齐宣王叫人逮刺客，可是刺客早就跑了。苏秦小声地跟齐宣王说："我死之后，请大王把我的脑袋割下来，挂在街上。再出个赏格，说'苏秦私通外国，替燕国来破坏齐国。如今已经把他杀了。有知道他的秘密来告发的，赏黄金一千两。'这样，刺客一定能拿住。"说完这话，他拔出匕首，就断了气。齐宣王照着苏秦的话去做，果然把那个刺客逮住了。

那时候，楚威王死了，太子即位，就是楚怀王。楚怀王为了秦国拆散了六国的合纵，原来已经担心了，后来听说秦惠文王拜张仪为相国，他怕张仪为了当初"和氏璧"的事情来向楚国报仇，就打算采用苏秦的老办法去联络诸侯，重新订立合纵联盟。公元前318年（楚怀王十一年），他做了纵约长，带领着楚，韩、赵、魏、燕五国的兵马向秦国的函谷关进攻。这是东方诸侯第一次联合起来出兵攻秦。秦军出了函谷关，首先打败了韩国的军队，接着五国的军队全都退回去了。

楚怀王害怕了。第二年（公元前 317 年）韩、赵、魏、燕、齐五国再一次向秦国进攻，而且韩国和赵国领头借了匈奴的兵马去打秦国。这一次合纵军败得比上一次更惨，韩军和赵军死伤得最多。六国军队和匈奴人一共被秦军杀了八万二千多人。

六国合纵接连打了两个败仗，秦国不来打他们，已经是上上大吉了，谁还敢再向秦国进攻？恰巧秦国西南方的巴国（都城在重庆市），和蜀国（都城在四川省成都市）互相攻打，两国都向秦国求救兵。秦惠文王就派司马错率领大军到了巴蜀，把这两个国家都灭了（公元前 316 年）。秦国一下子增加了大片的土地，又因为秦国对巴、蜀的居民特别照顾，这就大大得到了他们的拥护，秦国就更加强盛起来了。六国的合纵被秦国拆散，已不必说了，他们竟还彼此攻打，抢夺地盘，这就给秦国一个进攻的好机会。

这个故事讲的是苏秦的“合纵”政治主张终于被强大的秦国破坏了。